文庫

まともな家の子供はいない

津村記久子

筑摩書房

目次

まともな家の子供はいない

まともな家の子供はいない

図書館で宿題をするのは集中できないが、父親がいるから家にはいたくない。セキコは本当に、図書館の机を占領して勉強している連中が嫌いでもあった。大学受験や資格試験を控えていると思《おぼ》しきあいつらは、絶体絶命に家で勉強する場所がなくて図書館に来ているのかというとそうではなくて、ただ、対外的に勉強をしているというポーズをしているとその気になってきて勉強するというフィードバック現象ゆえに勉強している意志薄弱な連中だとセキコは見做していた。奴らが参考書とノートを開いて難しぶっているのを見かけると、その程度のもんならやめちまえ、落ちろ落ちろ、と椅子の背もたれを摑んでがたがたさせながらわめき散らしたくなるのだが、実際にやってしまうと殺されそうなのでやっていない。まだ命は惜しい。さすがに。十四歳だから。

そんなふうに、図書館で本を読まずに勉強をすることをセキコは毛嫌いしていたが、この夏はそう過ごさざるをえなくなっていた。眠くなってきても、どれだけ苦痛でも、なんとか本を読もうとしているが、気分転換に宿題をしてしまうこともある。市立中央図書館の閉館は午後の八時半で、今日はできれば閉館までいたいと思っている。セキコは、週に三日ほど、塾が休みの日や、塾が終わる五時から、自転車で三十分のこの図書館にやってきて、閉館まで詰めて過ごしている。今はまだ午後四時を過ぎたばかりで、これからが頑張り時だった。

夏休みが始まる日の前日に、父親はまた仕事をやめた。もう何の仕事をしていたのかもちゃんと聞いていない。興味がないわけではないのだが、父親とは話したくないし、母親も、心配しなくていいからと教えてくれないのだった。心配だなんて買いかぶっているとセキコは思う。ただ、現状確認をしたいだけだ。父親の遺伝子を持つ自分が向かないかもしれない仕事の種類を、知りたいだけだ。しかし母親は、そういうときに決まって、演劇的なまでに気丈に振舞って、あたしがなんとかするから、と言うのだ。あたしがなんとかって、倉庫の検品のパートがどうなんとかするんだよ、と言い返してやりたいが、そんなことを言ったら母親は傷付くので黙っている。

父親は家にずっといて、セキコと妹のセリカの部屋にあるゲーム機で遊んでいる。

不機嫌になられるのが面倒なので、うざいし邪魔だし狭くなるからやめてくれ、どこかへ行ってくれ、という苦情は言わずにいる。四つ下の妹は、馬鹿だけど要領だけはいいから、そんな父親とどういうわけかうまくやっていて、一緒にゲームをやったり宿題を見てもらったりしている。仕事をやめたくせにどこに持っていた金なのかは知らないが、服を買ってもらったりもしている。そのことを母親に話すと、セキコも服が欲しいの？　買ってあげようか？　などと見当違いも甚だしいことを申し出られて、セキコは死ぬほど苛立った。うちにそんな余計な金はねえだろ、というただの真実を、誰も口にしようとしないことが気味悪かった。

まあ、私立には絶対行けなくなったな、と受験生のセキコは日々頭を抱えている。塾では中の上と中の中を行ったり来たりしている成績で、漫然と、入れる公立に入ればいいやと思いながら過ごしてきたが、この夏になって、真剣に行きたいと思える高校が見つかった。私立大学の付属高校の人文学科だった。生徒一人一人の個性を最大限に伸ばす、というポリシーのもと、文系の科目に力を入れていて、苦手な数学をあまりやらなくていいということもあったし、大学に入るのが多少有利になるという部分も魅力的な高校だった。去年の文化祭に、好きな芸人がライブをやりにきたという話もセキコを惹付けた。それで、行きたい高校が見つかったのだ、と母親に話そうとした矢先、父親が仕事をやめた。セキコが物心ついてから、もう三回目だ。セキコが小学校高学年になるぐらいまでは、父親は祖父の設計事務所を引き継いで経営していたが、それを廃業して、そこから数年に一度、仕事を替え、職場を転々としている。一回一回の就職の間には、必ず数ヶ月から半年以上のブランクがあり、セキコの目に焼きついているのは、常に家でぶらぶらしている父親の姿だった。よく聞くような、仕事に行っているふりすらしてくれない人なのだった。

今はまだ塾があるからいいが、一週間以上ある長い盆休みはどう過ごせばいいのだろう、とセキコは絶望的な気分になる。当然、旅行になど行かないし、両親の実家はそこそこ近くにあるから、里帰りなどない。だから家にいることになるのだが、あの父親がもれなくついてくる。暴力を振るったり暴言を吐いたりするわけではないのだが、気分屋で無気力な父親、そして、おそらくほとんど何も考えずに、その父親のご機嫌取りに興じる母親と、周りに合わせることだけはうまい妹、その三者と一日じゅう一緒にいなければならない。考えるだけで、その辺の壁に頭をぶつけたくなる。しかし、まる一日図書館にいるのは辛い。今でさえ、自分がホームレスになったような気分になることがあるのに。実際、図書館は、半分ぐらいがどうにも行き場のない人のたまり場になりつつある。図書館で居眠りだけはしたくない、と目をこすっているセキコの横で、椅子に座って新聞を握り締めたままの老人が舟を漕いでいる。机のあるスペースは、参考書を開いている学生でびっしりと埋まっている。居場所はあってないようなものだった。

ナガヨシの家に行ければなあ、と、中学一年のときからもう二年以上の付き合いになる友達の名前が頭をよぎるが、あそこの母親も苦手は苦手だ。セキコにはそれなりに愛想がいいが、はんぺんのような材質でできているように見える、色白で太ったナガヨシの母親は物欲の塊で、家じゅうを無駄な物で溢れ返らせながら、娘が家にいるとやたらにつきまとい、その友人であるセキコにもかまってくる。お母さんが一日じゅうテレビショッピングやってるから、うちもたぶん貯金ないよ、とナガヨシは言っていた。セキコが、父親が仕事に行ったりやめたりしている、という悩みを打ち明けた時に。ナガヨシの父親は、一度だけ見たことがあるが、妻の半分ほどのほっそりした体格で、手足が長く、ほとんどしゃべらず、口を開いたら開いたで、蚊の鳴くような声で話す人だった。

好きな芸人やスポーツ選手と、そのときどきにブームが来た周囲の人については、いくらでもぺらぺら喋るナガヨシは、両親のことについてはあまり話さなかった。親の文句を言い出したらいつまでも言っているセキコとは対照的だった。幸いナガヨシは一人っ子で、部屋をシェアする相手は誰もおらず、家に帰ったら一息つくことができるが、部屋には常に母親の未開封の通販物の段ボールが積んである。セキコがナガヨシの部屋に行くと、必ずナガヨシの母親がお茶だお菓子だと持ってくるのだが、娘の部屋に置きっぱなしの自分の荷物についてはいっさい言及しないのが不気味だった。直近に買ったほやほやの物については、セキコにまで見せびらかすというのに。セキコと二人の話に入ってこようとする母親をなだめるナガヨシは、母親の母親のように見えることがあった。意味のないことばかり話しているから嫌い、と小学六年の時に親友に捨てられたナガヨシは、まあそのいやな女の言う通りな感じでもあったが、その母親は娘以上に無為なおしゃべりを好み、それをいなす時だけは大人びて見えた。

ナガヨシは最近、新たに気になる人ができたので、その尾行などに忙しいらしく、今は一緒にいない。セキコとナガヨシは同じ塾に通っているのだが、そこで二人と同じクラスの大和田《おおわだ》という他校の男の面白さに気が付いたらしい。大和田は、セキコからしたら、十五分に一回眼鏡を拭いているような印象しかない男だったが、ナガヨシには興味深いようだ。筆圧が極端に強くて字が汚いわりに、妙に几帳面で、テキストの角が曲がってくるのを、一枚一枚シャープペンシルに巻いてまっすぐに直していたそうだ。完全な理数系のようで、驚くほど簡単な漢字の読み方をナガヨシに訊いてきたという。ナガヨシは先週、大和田の住んでいるところをつきとめたと言っていた。セキコは大和田にはあまり興味がないので、ナガヨシの話は聞き流して、早く飽きてつるんでくれないかなと思っている。ちなみにナガヨシは、大和田の前は、中学校の定年間近の事務員のおっさんに夢中だった。ナガヨシの男に対する興味は、大抵恋愛感情というよりは単に面白がる方向に向いていて、セキコには理解しがたいところがあった。

結局、隣に座っている老人のにおいに耐えられなくなって、セキコは椅子から立ち上がってしまった。セキコが空けた椅子には、すぐに誰かが滑り込んできて占領してしまう。広い図書館のフロアを見回しながら、空いている場所を探すが、目に見えるかぎりの座ることができる場所はすべて埋まっている。

泣きたくなる。障害者用の広いトイレが空いていることは知っている。でもそんなところに逃げ込んでしまったら、今よりも惨めな気持ちになることは目に見えている。仕方なく、書架の間をうろうろして、読みたい本を探してみるけれども、そんなものが見つかったところで読む場所がない、という事実がセキコを挫《くじ》く。

　席がない、ということ以上は何も考えられなくなって、ふらふらと図書館のエントランスへと向かう。その真横には、併設のカフェがあるのだが、そんな所に寄る金はない。八月分の小遣いはもうもらった。塾の盆休みに向けて、こんなところで散財している場合ではないのだ。「カフェオレ　280円」というメニューの文字を横目で睨み付けながら、エントランスの自動ドアのマットを踏む。間の悪いことに、自動ドアの向こうの風景は灰色じみていて、ところどころに線が入り、雨が降っているように見える。傘はない。

　舌打ちをし、一番ぼろい傘でも持って帰ってやろうと傘立てを探すが、大仰に並んでいる傘立てはすべて鍵付きで、セキコは諦めて外に出る。鼻先を冷たい雨粒がかすめ、腕には蒸し暑い外気の余韻がまとわりつく。この暑さがセキコに行き場をなくさせているけれど、雨もまたセキコを追い込もうとしている。ふと、世の中に自分を受容するものが何もないような感覚に陥るが、それは気色悪い自己愛的な考えだと、頭を振ってやり過ごす。

雨はあっという間に本格的な降りになり、セキコは図書館の敷地を走って自転車置き場へと急ぐ。自転車の元にたどり着く頃には、トタンの庇に当たる雨粒の音が耳に痛いほどの勢いになっていた。

ひとまずサドルに座り、後ろ側にペダルを踏んで空回りさせる。あてどない思いが押し寄せてきて、それをごまかすようにカバンを探って手に当たったハードカバーの本を取り出す。サッカーのポジションに哲学者を当てはめるという内容の本だった。表紙が簡潔なマンガっぽいイラストなので、平易な本と勘違いして借りてきたのだが、かなり最初の方でつまずいている。一時、学校のクラスが同じで席が隣同士だったクレという男子が、塾でも隣り合うことになって、少し喋っていたことがあるのだが、クレは妙にイギリス文化に詳しいところがあり、世界史の時間に、「そういやモンティ・パイソンには『哲学者のサッカー』っていうネタがあって、あれは面白かった」などと言っていたことを思い出して、手に取ったのだった。クレは今年の六月から学校に来なくなり、塾にも来なくなった。男子にしては、つんけんしていたり変にいきがっていたりしない、気が良く話しやすい男子だったが、それ故にしんどいところもあったようだ。どこからか、今はすごく太っているらしい、という話を聞いた。もともとかなり余裕のある体格だったので、どんなものなのだろうと思うと少しかわいそうな気持ちになる。塾長は、月謝を毎月納めつつも休んでいる、という態《てい》のクレの処遇に困っており、この夏じゅうに一度も来ないのであれば退塾にする、と周囲に漏らしているそうだ。

サドルに座って、ハンドルに肘を置いた態勢で、カバンから出した本の目次のページを何度も見返すと、少しだけ読んだつもりになる。けれど結局、ぱらぱらぱらという庇に当たる雨の音に耳を傾けてしまう。そちらのほうが馴染みがあるということなのだろう。あまり認めたくないことだが、自分は本を読むのは好きではないかもしれないと思う。少なくとも、常に文庫本を二冊はカバンの中に入れていなければ落ち着かないというナガヨシのように、読書を楽しみにはできなかった。ナガヨシは、自分がひどく飽きっぽいことを自覚していて、本は常に数冊同時進行で読んでいるそうだ。ナガヨシが読んでいる本の傾向などについてはよく知らないが、よほど感銘を受けたことがあれば、勝手に言ってくる。あのさ、人間の性欲には1から8000まで幅があるらしいよ、などと。えろい本でも読んでるの？　と訊くと、いや、幸せについての本、とナガヨシは肩をすくめた。

本を閉じ、ペダルを後ろに漕ぎながら、雨がやまないことに途方に暮れていると、新たな自転車が庇の下に入ってきた。セキコが自転車を停めているところから、十台分ほど離れた場所に自転車を突っ込み、貧弱なビニール傘をたたんでいる、短い髪で背の高い同い年ぐらいの女には、見覚えがあった。一組の室田《むろた》いつみだった。塾も同じだが、成績は上の方で、席が近くなったことは一度もない。

声を掛けようか迷っているうちに、室田はすぐに図書館の建物の方に行ってしまった。セキコは、さっさと庇の下を出て行った室田が一瞬だけ振り返った意味が、自分に一瞥を寄越したのか、それともそれは気のせいで、自転車の様子などを確認したのかがわからず、微かに苛立った。自分など、眼中に入っても、声を掛けるには値しないということなのか、などと余計なところまで思い至ると、より腹が立ってきて、ペダルを後ろに漕ぐ足が速くなった。

室田の家は、セキコの住む古い公団とは校区の反対側の新興住宅地にある、という話を聞いたことがある。三階建て以上のいい家が建ち並ぶ界隈で、そこからやってくる生徒は、心なしか、勉強が出来るか、顔がそこはかとなくいいか、その両方かのような気がしていた。室田は、笑ったところを見たことがない愛想のない顔つきは普通として、勉強はできる。家はでかいし成績もいいんならなんでそんなにいつもむかつく顔をしてるんだよ、などと思うと、室田を今から追いかけて後ろからぶん殴りたくなる。返り討ちに遭いそうなので、もちろんやらないけれども。

再び、カバンの中の借りてきた本を漁《あさ》り、背伸びして借りた表紙の堅い本ではなく、閉架から出してもらったスヌーピーの漫画を開く。ライナスがルーシーに怒鳴りつけられている。ぱらぱらめくると、眼鏡をかけたマーシーが誰だかわからない男の子を蹴飛ばしている。セキコは深呼吸して、雨音のやまないトタンの庇を見上げた。

皆いらついている。うちの家族以外は。

小学校低学年に見える男の子が三人、ぎゃあぎゃあわめきながら自転車置き場に入ってくる。おまえんち行こうぜ、甲子園見ようぜ、バカこんな雨だったら野球なんかやってねえよ、うるせえ、何でこっちが雨だったら甲子園も雨なんだよそっちこそバカ、などと言い合いながら、何の躊躇も見せずに雨の中へと走り出してゆく。

セキコは、溜め息をついて肩を落とした。家に帰るしかなかった。どこに居ればいいんだろうと考え、台所にでも居ればいいか、と思いつく。風呂場でもいい。風呂を洗っているふりをして、ぼんやりしていれば。

　ほとんどやけくそだった。風呂か台所にしか居たくないのならそれは家ではないと思う。しかしセキコは、カバンを閉めてゆっくりと走り出した。さっそく、睫毛《まつげ》に大粒の雨が引っかかり、ああくそっ、とセキコは怒りの声を上げた。

＊

　隣の席で、ナガヨシがものすごい音をたてて鼻をかんでいる。そのたびに、セキコの前の席に座っている中江翔太《なかえしょうた》が、大仰に顔を歪めて振り向くのがうっとうしい。いつもは馬鹿みたいにでかい声で、学校の連中や教師や、帰ってしまってその場にいない生徒の噂話や悪態に興じている中江は、ナガヨシの鼻をかむ音に遠慮するように、あるいは悪目立ちさせようともくろんでいるかのように静かにしている。

　最初は、ナガヨシがずるずるだとかぶーっだとかいうと、隣の席の田代美咲《たしろみさき》ににやにや話しかけては嘲笑うという態度で満足していた中江だが、いいかげんナガヨシの鼻水が止まらないことに苛立っている様子で、中江の方には目もくれずに、慣れた手つきで鼻をかんではティッシュペーパーを傍らに積み上げているナガヨシを振り返っては、舌打ちを繰り返している。田代には、あいつ死ねばいいのに、だとかなんとか不穏なことを囁いているが、田代はほとんど相手にしていない様子で、中江の言葉に顔も上げなくなってしまった。中江は、そんな田代の反応も気に入らないのか、そして一向に自分のネガティブな態度を気に留める様子のないナガヨシにも苛立つのか、舌打ちや床蹴りをエスカレートさせてゆく。

いちいち反応して馬鹿じゃねえの、という態で、ときどき顔を上げて中江の方を見ていると、目が合って凄まれた。セキコは、一瞬舌の上に苦い物を置かれたようないやな気持ちになるが、すぐに忘れてしまう。

ナガヨシは、雨の中大和田を尾行して風邪をひいたらしい。自宅はもう突き止めたんじゃないのか、と言うと、いや、なんかまあ、違う方向に行ったからさ、大和田君、とナガヨシは全く何の羞恥心も滲ませず、セキコと目を合わせたまま、ティッシュを抜いて鼻をかんだ。当の大和田は、今は塾の教室にはいない。セキコたちの通っている塾は、夏期や冬期の講習期間中は、授業が早く終わるということもあり、講習の後は二時間ほど自習室として教室を開放しているのだが、大和田は、授業が終わるとすぐに帰ってしまうのだった。昨日図書館の自転車置き場で見かけた室田いつみもそのくちだった。生徒の中でも、内気そうな部類に入るものは帰るのが早い。中江のような声がでかい男のうるさい私語を聞きながらでは、自習もクソもないのだろう。セキコも、さして外向的なタイプではなかったが、家に帰るのがいやだったので、授業が終わっても教室に残っている。自習という名目だが、ちゃんと勉強できているのかどうかは謎だ。

そんな塾の教室開放も、今日でひとまず終わりだった。明日から塾は盆休みに入る。ナガヨシは、うれしい、うれしい、と素直に喜んでいたが、セキコは家にいるよりは塾にいたほうがまだましなので、まったく喜べない。昨日も、図書館から家に帰ると、父親はセキコと妹の部屋でゲームをしていた。父親は背が高い部類だし、そうでなくても本当に邪魔なのだ。あれこれと話しかけてくるのも面倒だった。舌打ちをしたり、貧乏ゆすりをしたりして不機嫌そうにしているのはもっと嫌だった。突然、それで勉強はちゃんとしてんのか、してないだろ、などと批判されることもある。もう少し女らしくしたほうがいいんじゃないのか、男から相手にされないだろ、セリカにはもう彼氏がいるらしいぞ、と声を掛けられた時は、逆上して殴りかかりそうになったこともある。その時は、とにかく何も言わずに部屋を出て、自転車に乗って家から離れ、ナガヨシの家に逃げ込んで、なんとか事無きを得た。そして温かくセキコを出迎えつつも、通販の戦利品の自慢に耽《ふけ》るナガヨシの母親を初めてありがたいと思ったのだが、それと同時に、ナガヨシの家か図書館ぐらいしか行く場所が見つからなかった自分をふがいなく感じた。せめて小金でも持っていれば、お茶でも飲みに行けたのだが、家の状況を考えると無駄遣いはしていられない。

新聞配達でも始めようか、とぼんやり思う。しかしそれで受験勉強がおろそかになるのもどうかと考える。でもそもそもあの家の経済状況で高校に行けんのかと思い至る。そして、ていうかいろいろ言い訳するのは、単に自分がヘタレなだけじゃないのか、と自分を責める。再び、自分はこんなことで自罰的になっているのに、あの父親にはそういう感情はないのか、そしてそれを許し続ける母親はなんなのか、さらにそんな状態を受容している妹はどういうつもりなんだ、と家族への怒りに収斂してゆくきりがない。

「バイト」

「ええ?」

「バイト、高校入ったらナガヨシはどんなバイトしたい?」

　ナガヨシは、コンビニの袋に鼻をかんだティッシュを一枚一枚落としながら、どーかなー、とおっとり答える。

「昔テレビで、折り紙のコンテストみたいなのをやってるのを見たんだけど、ウィークリーマンションの管理人が出ててさ、暇でずっと折り紙やってるんだって。それ見たら、あーウィークリーマンションの管理人いいなあ、わたしも折り紙やりたいって思う」

「高校生にそんなバイトあるわけないじゃん」

「探した、ら、あるかもよ」

　ナガヨシは再び鼻をかむ。前の席の中江は、ついに誰にも自分の苛立ちが共有されなかったことに抗議するように乱暴に立ち上がり、隣の田代の椅子を押しのけるようにして通路に出て、耳ざわりな足音をたてて教室を出て行ってしまった。ナガヨシの勝ちだった。そもそも、中江の怒りは、ナガヨシが鼻をかんでいること自体ではなく、自分の婉曲な意思表示がナガヨシに届かないこと、それを田代が相手にしないことに起因するので、共有しろというほうが無理な話だとセキコは思う。中江がこの三十分ほどの間にやっていたのは、無用に自分で自分を焚き付けていたことだけだ。

くだらない奴だ、と思う。しかし、家での自分もそうなのかもしれない。皆落ち着いているのに、自分だけが怒っている。

中江怒ってた？　とナガヨシが白々しく振り返っている。怒るも何も、激怒だよ、と答えると、ナガヨシは、悪いことしたなあ、とへらへら笑いながら、鼻をかんだティッシュを入れた袋の口を閉める。

「一日でそんなめちゃくちゃな鼻風邪ひくことないでしょうよ」

セキコの言葉に、ナガヨシは首をひねって鼻の下をこする。

「雨ってあんなに冷えるもんなのかね。子供の頃とか、雨ん中で遊んでもわりと平気でなかった？」あんただけだよそんなの、と言い返すと、ナガヨシは、そうかなあ、と間延びした声で返す。「でも、雨のほうがよかった。晴れてると大和田君の眼鏡のレンズの反射がすごくてさあ」

すごいんだよ、光るの、ほんと、太陽光線を集めた虫眼鏡にやられた紙みたいな気分になる。そう続けながら、ナガヨシは上に肘を置いていた問題集を掲げて、今年も出たねえ、やだねえ、とセキコに見せる。セキコはうなずいて、去年より分厚くなった、とぼやく。塾では毎年の盆休みと冬休みには、五科目すべての問題集が宿題として一冊ずつ渡される。セキコが塾の盆休みをいやがるのには、家の事情もあるけれども、これがいやだというのも大きかった。どの科目の宿題も、五十ページには及ばない薄い冊子ばかりだが、「一冊」という単位は重く感じる。ただでさえ家がいやなのに、いったい自分のどこに、この一冊一冊が入り込む隙があるのだろう。

なんだかんだいっても、休みの最終日には、人に写させてもらったりして事無きを得てきたのだが、皆いったんはまじめに取り組もうとするので、なかなか事前に宿題の調達について話し合ったりはしない。宿題がめんどうであっても、高校にはちゃんと入っておきたい人間ばかりなので、あまりに意気地のないことをするには抵抗があるのだ。

去年までの、いや、この七月に入るまでのセキコもそうだった。今年こそは、宿題を全部自分の力でやろうと思っていた。そうしないといつかヤキが回ると。しかしすでに、セキコのやる気は挫かれている。ナガヨシにならそのことを話せそうではあるけれど、国語以外はほとんど平均以下のナガヨシでは、如何《いかん》とも頼りにしがたい。ナガヨシがセキコに宿題を写させる範囲は、セキコがナガヨシに写させる範囲より圧倒的に少なかった。ナガヨシはいいやつだけどものん気なのだ。家族といいナガヨシといい、自分の周りにそういう人間が多いのはなんでだ、自分はこんなにいらちなのに、とセキコは首を捻る。

手をつけるでも担当する項目の話し合いをするでもなく、宿題いやだ、ということを手を替え品を替え愚痴っていると、入口の戸が開いて、生徒しかいない教室に、塾長が入ってきた。何事だろう、と思いながら振り返ると、飯田《いいだ》、飯田、とセキコの名字を呼びながら塾長が手招きをするので、立ち上がって出入り口のほうに向かう。塾長は公平な人で、生徒個人とはほとんど私的な会話をしないのだが、生徒がよほど成績が悪い場合だけ、声を掛けることがあるという。セキコは、席次は先月と同じだし、すごく成績が落ちたってわけでもないのになぜ今、と訝《いぶか》りながら、なんすか？　と口にすると、これな、と塾長は傍らに持っていた茶封筒をセキコに差し出す。

「宿題なんだけど」という塾長の言葉に、セキコはさっそく茶封筒を覗き込んで、うげ、と呻く。薄い冊子が五冊入っている。さらにこれをやれというのか。「まあ落ち着け、これはおまえらに配ったのと同じやつだよ。これはおまえの分じゃなくて、クレの分だ」

「クレの？」

「うん、飯田に持っていってもらおうと思ってな。おまえとクレは隣同士の期間が長かったから」

「そりゃ成績は似てるけど、それだけです」

セキコは肩をすくめて塾長に茶封筒を返そうとするが、塾長は、まあまあ、と押し戻してくる。

「別に仲も悪くないだろ」

「そりゃそうですけど、すごいいいかっていうとそうでもないですよ」

「そう食って掛からずに頼まれてくれよ」私語をしている者のところに鋭くチョークを飛ばしたり、居眠りしている者の頭をクリップボードで叩くこともあるような、それなりに厳しいところもある塾長は、いつになく弱気な様子でセキコをいなしてくる。

「おれが持っていってもいいんだけども、そういうことは今までしたことがなくてさ。慣例もないんだよ。おれは去る者は追わないことにしてるし、ずっと休塾してるんならやめてもらったほうがいいとも思うんだけれども」

塾は基本的に、遊びや付き合いでは来てもらいたくないという主義のようだ。成績が振るわなくても、何か一つの教科にでも興味を示す者には、その部分を伸ばそうと丁寧に教える一方で、そこそこの席次でも、喋ってばかりで要領だけでそこに収まっているような生徒には厳しく接する。学校も塾も不可解に休み始めて二ヶ月になるクレなどは、本来は排除の対象のはずなのだが。

「クレは、できるならちゃんと受験したほうがいいと思うんだよ。あいつ英語の成績だけは、すごいいいの知ってるだろ？　あいつが塾に来てて最後に受けた模擬テストの英語の点は、県でいちばんだった。全国でも上位だよ。七番か八番だったな」

塾長がなにげなく話すクレに関する話を、セキコは目を丸くして聞く。

「そこまでとは知りませんでした」

英語をやるのは苦痛ではない、という話は聞いていたし、テストの点数などが目に入る範囲では、そこそこだとは知っていたけれど、それよりも、自分と同じぐらい数学がわかっていないということに対する親近感のほうが大きかった。自分とはほとんど差のない成績の人間だと知っていたので、何か少しだけ、裏切られたような、意外で興味深いような気分になる。

「え、知らなかったのか。それはまずかったかな」塾長は困った様子で頭を傾ける。

「まあまあまあ、だから、私情を挟みたくはないんだけど、おれとしては、クレにはここで潰れてほしくないんだよ。でもほんとに受験する気持ちがないんならどうしようもないしさ。いつまでも籍を置いておいてもらうのもなんだかどうかと思うし、あそこの親御さんは、クレ自身は来なくても授業料だけは振り込んでくれるんだよな。これ以上それを受け取るのはな」

　クレの家は父子家庭だと聞いたことがある。クレが小学生の時に、母親は出て行ったらしい。母親の出奔の理由など、それ以上の詳しいことは知らない。

「なんで、今回宿題を渡して、それをやってくれるかどうかをこれからの意思表示にしてもらいたいんだよな。やってくれるんなら受験のぎりぎりまで待つし、やる気がないんなら退塾ってことでさ」

「そういう理由があるんなら、なんで自分で渡さないんですか？」

　基本的な質問をぶつけると、塾長は目をぐるりと回して、愚問を、という顔をした。

「おれが渡したら、それだけでそりゃクレはやるだろうし、でもそれじゃ本当にどうしたいのかはわかんないだろうと思ってさ」

　だいたい、塾の人間よりも友達に渡してもらったほうがうれしいだろ、普通、という言葉と、クレの家の所在地に関する情報を残して、塾長は戸を閉めて事務所へと戻っていった。塾長の、少し曲がった背中を見ながら、勝手なことを言う、とセキコは思うが、受け取ってしまった茶封筒を携えて席へと戻る。壁に掛けてある丸い時計は、五時を指している。がたがたという音をたてて誰かが立ち上がると、それにつられるように他の生徒も椅子を引く。

結局何も進まなかったねえ、というナガヨシの話にうなずきながら、靴を履いて塾を出る。塾は、四階建ての低いアパートの一階にある。隣は、客が入っているところを見たことがないサーフショップだった。値段を見比べても、どういうところで差がついているのかまったくわからないボードがいくつか飾られているウィンドウが、夕方のオレンジ色がかった光を反射し、セキコは目を細める。今はあまり暑くないけれども、これから暑くなるのだろうかとくらくらしながら、セキコは頭を振る。

わたしが塾長と話してる間に、誰か宿題の話してた？　とナガヨシに訊くと、うーん、聞こえなかったー、みんな遊びに行く話とかー、とナガヨシは伸びをする。結局、いつまでも教室に残ってうだうだしているような連中にとっては、宿題などまだ先の話だし、無駄話などせずさっさと帰ってしまう生徒には、宿題は淡々と片付けるべき目の前の課題なのだろう。

　他の生徒たちと帰り道が重なることを避けるように、裏通りにある塾から少し遠回りをして、大通りの方へと出る。ファストフード店や居酒屋やスーパーで賑わう通りを横切りながら、セキコは、自分の財布にあまり金が入っていないことについて考える。昨日数えたら、三二七八円あった。これまでいろいろ節約してよく残したと思うが、これからの二十一日間、次の小遣いをもらう日まで、その金額で乗り切るのは不安があった。きっと、いくらあっても不安なのだろうとも思うけれど。

　これからナガヨシんち行っていい？　と訊くと、いいよー、とナガヨシは適当な様子で即答する。宿題やろうよ宿題、と冗談交じりに提案すると、それはなあ、わたしは本読んでる、とナガヨシは笑う。万事イエスで物事を流してゆくナガヨシだが、怠けるということについては筋を通してくる。

　あれ、室田さんだ、と角を曲がりながら、ナガヨシは、コーヒー屋の窓ガラスを覗き込む。気に留めずそのまま歩いていくと、ナガヨシは小走りで追いついてきて、やっぱり室田さんだった、と独り言のように言う。室田何してたの？　と一応興味を示すと、あー、宿題してたっぽいよ、辞書とか見てたもん、とあくびをしながら答える。

早いよなあ、わりと長いのに、盆休み、とセキコが言うと、写してもらえないかなあ、とナガヨシはぼんやり言う。写させてくれるわけないよ、とセキコは答える。

室田いつみが笑ったところを見たことがないのは、セキコだけではなかった。もともとは、セキコと知り合いの室田と同じクラスの女子が言っていたことだった。正確に言うと、三年になってからは見たことがない、とのことだった。陰口の悪態でもあったのだが、訝るようなニュアンスもあった。あんな人じゃなかったのにな、とその女子は続けた。セキコ自身は、室田については、新興住宅地のほうの人間だということしか知らなかったのだが、塾でずっとぶれなく成績がいいことや、他の生徒とほとんど話さないこと、そして昨日図書館の自転車置き場で見かけた時の態度がなんとなく気に食わなかったので、どちらかというと好きではないという感触を持っている。

「ほんとに写させてくれないかなあ。頼んでみたらどうだろう」

「頼んで断られたらそれこそ恥だよ、あんた」

「どうかなあ、ちゃんとさあ、誠意を持って頼めば、見せてくれるような気もするんだけど。いい人だよ、室田さん、わりと。ペンケースとか落としたら、拾うの手伝ってくれたりとか、居眠りしてる時に当てられたら、答え教えてくれたりとか」

二年の時同じクラスだったというナガヨシがそう言っても、セキコの心はあまり動きそうになかった。印象の良くない人間を、実はいい人、という方向に持っていく心の動きは、けっこう面倒くさいし、また裏切られる可能性もないとはいえず、必要のないものに思える。

「まあ、いい家に住んでんのに、なんであんなコーヒー屋で宿題すんのよって話だよ」

それって図書館で勉強してるやつとあんまり変わらないんじゃないのか、と思い至ると、セキコにはやっぱり室田はいやな奴に思えてくる。それはわからんねー、とナガヨシは何の引っ掛かりもなさそうに答え、あー喉かわいてきたー、と意味もなくスキップを始め、セキコにはなんの断りもなく、通りかかったスーパーに入り、一リットルの梨のジュースのパックをひっつかんで、そのままレジへと直行していた。セキコはというと、特に何の感慨もなくそれについて回るだけだった。今更、ナガヨシの脈絡のない行動に対して何も思うところはない。

ナガヨシの家に行くと、母親は百貨店から帰った直後だったらしく、お土産のケーキを分けてくれた。妙に重そうな、チョコレートのマーブル模様のある「ニューヨークスタイルチーズケーキ」なるものを切り分けてくれながら、ここの親会社がやばくて倒産するかもってネットで見たの、だから買ってきたの、ある意味プレミア品かもね、とうれしそうに言っていた。セキコは、胃に入ればプレミアもくそもないだろう、と言いかけたが、ナガヨシの母親は無邪気だったし、もらっている立場だったので口をつぐんだ。ケーキは普通においしかったので、この店なくなるのか、と残念に思った。

ナガヨシの母親が、娘のナガヨシとセキコをリビングに呼んでお茶を振舞うと、基本的にはそれから一時間はナガヨシの母親の話を聞くことになる。その日の話も長かった。紙袋からじゃらじゃらと化粧品を出し、ナガヨシとセキコに開封を手伝わせて、新作なの、新作なの、と何度も言っては笑い、美容部員から、肌が若いと言われたと喜んでいた。それはわたしが幸せだからじゃないんですかぁ、って答えておいた、とナガヨシの母親は、わざとねっとりした口調で再現した。それから、雑誌に載っていたランチに行って、連日行列ができているクリームパンを買ったそうだ。これ持って帰って、とセキコにも分けてくれたが、薄紙に包まれたクリームパン二つをそのまま寄越してきたので、ナガヨシが自分の部屋に行って、ビニール袋を持ってきた。セキコは、そういうビニール袋のたぐいは、大抵母親が台所のどこかに溜め込んでいるものだと思い込んでいたので、ナガヨシが持ってくることに少し驚いた。

その日のナガヨシ家への訪問は、ナガヨシの母親の話を聞いただけにとどまり、宿題に関する話し合いはなにもできなかった。果たして本当に、家に帰るよりはましな時間だったのか、とぼんやり思いながら、セキコは、クリームパンの入った袋をぶらぶらさせて帰路に就いた。

家のリビングでは、父親がソファに腰掛けてテレビを見ているのが、開け放したドア越しに見えた。セキコの家は、玄関の右手すぐにリビングがあり、家に帰っていちばん最初に目に入るのが、テレビを見ている父親の姿であることも珍しくない。玄関側のドアを閉めてさえいれば、そんなこともないのだが、なぜか父親には、リビングのドアを閉めるという習慣がないようだ。

このドアさえ閉まってれば、父親の姿を見ずに部屋に戻れるのに、と舌打ちしつつ、しかしわざわざ外からドアを閉めて事を荒立てたりはせず、洗面所で顔を洗ってうがいをして、キッチンへと向かう。母親も妹もまだ帰っていないようだ。ダイニングテーブルの上には、冷蔵庫にそうめんがあります、というメモがあったが、そうめんは嫌いなので、流しの下のひきだしからカップ焼きそばを取り出し、ついでに冷蔵庫も開けてキャベツともやしを出して、少し刻んで炒めた。

父親は飯を食ったのだろうかと、フライパンの上で菜箸を動かしている間じゅう気にしていた。「おれも」などと言いやしないだろうか、その時は、自分の分しかないと嘘をつこう、と決めて、無事に父親が来る前にカップ焼きそばを作り終わり、炒めた野菜を混ぜて、そのまま自分の部屋に持って行った。

勉強机の上でカップ焼きそばを食べながら、冷房はつけずにベランダの窓を開けた。妹の派手な水着が混ざっている洗濯物を端に除けて、ぼんやりと近所の夜の風景を眺めながら、なんとなく、買ってきたものを開封する時の、ナガヨシの母親のまるまるとした指のことを思い出していた。幸せだからじゃないんですかぁ、と言うナガヨシの母親の声の響きが、水飴のようにセキコの頭の中でねとつく。バケツいっぱいに入った水のように、たぷんという感触で左右にゆっくりと動く。

幸せだから肌がきれい、とか、大人の女はみんなそんなばかなことを言っているのだろうか、とベランダ越しに見える人の家と思しき明かりを眺めながら、ぼんやり考えていたが、蚊に刺されてしまい、すぐに窓を閉めた。面倒だし、父親と顔を合わせるかもしれなかったので、かゆみ止めを探すのはやめにして、シャープペンシルの先を刺されたところに押し付けて、忘れることにした。蚊に刺された皮膚の膨らみに、不吉な斑点のように、ぶつぶつと並んでゆくシャープペンシルの金具の跡を眺めながら、クレに宿題を持っていくのを忘れたことを思い出した。明日持って行くかと思うと、億劫《おっくう》で溜め息が出たが、それよりもましなことも特に思いつかなかった。

＊

クレへの届け物である宿題の入った茶封筒は持って出たものの、すぐには家を訪ねる気になれなかった。盆前最後の塾の日だった昨日は、そんなに暑くなかったというのに、今日は猛暑日らしく、母親が出勤前に、しきりに文句を言っていた。

セキコの家では、父親が23度だか22度だかまでエアコンの温度を下げているので、リビングと、それに続くダイニングは少し肌寒いぐらいだった。どう考えても、そこまで温度を下げるのは不適当なのだが、父親をはじめセキコの家族には、冷房をつけるというと、どうせならと思う存分温度を下げる発想しかないのだった。そういうのは恥ずかしいし、金がないのに電気代が嵩《かさ》むだろう、と母親に言ったことがあるのだが、でもまあ、暑いんでしょ、セキコは別の部屋にいたらいいじゃない、と取り合ってくれなかった。でも電気代が、エネルギーだって、と反論すると、母親はうるさそうに、あんたが心配することじゃないでしょ、と言って、テレビのリモコンをつかみ、ザッピングをはじめた。テレビを見ることにした母親には、何を言っても無駄なのだった。

そんな自宅に比べて、図書館は、さすがに節度のある空調で、このぐらいでいいんだよ、と家族を連れて来たい気分になった。本当にいいよ、図書館は、さすがに人間の叡智が結集しているだけあるよ、知識と平穏を求めて人々が集まる……、とそこまで考えて、吸い込む空気に、なんともいえない人間の饐《す》えた体臭が混じり、セキコは息をとめる。そのまま立ち上がって、フロアの隅へと歩いていき、ゆっくりと呼吸をする。次に息を吸い込む時が緊張の瞬間で、セキコは空気を選ぶように、俯《うつむ》いた状態で鼻先をさ迷わせた後、ゆっくりと空気を吸う。だいじょうぶだった。しかしもう、あの席へは不安で戻れない。

頭では、ホームレスが図書館にいても問題はないとセキコは考えている。自分だって同じようなものだから。しかし、においだけはどうしても我慢できない。たとえば、そのフロアの空気全体がまずければ、そこは避けるという方法もあるのだが、人間の体臭というものは、ずっとそこに漂っているというわけでもなく、ふとした瞬間に鼻から入ってくるのである。それが怖い。ここは大丈夫だ、と腰を落ち着けても、うかつな呼吸をすると、嗅《か》いでいて辛いにおいを吸い込んでしまう。

セキコは、何をもよおしているというわけでもなく、のろのろと女子トイレに入り、顔を洗う。今のところ女のホームレスはいないし、芳香剤がおいてあるから、臭気をキャッチしないという意味では女子トイレがいちばん安心できる場所だった。周囲の気配を確認して、洗面台に腰掛けて、家からペットボトルに入れて持ってきた麦茶を飲む。母親の作る麦茶はまずい。お湯を沸騰させたのち、お茶のパックを入れる、という行程がどうにも面倒らしく、いきなり水しか入っていない状態のやかんにパックを入れて火にかけるからなのだが、それをやめてくれ、ちゃんと袋に書いてあるやり方で作ってくれ、と言っても、母親は、なら自分が作れの一点張りで、やり方を変えてくれようとはしない。だったら、と自分でお茶を作ろうにも、やかんは常に母親が作ったまずい麦茶で満たされている。

灰の味がする、と思う。学校の弁当の時に、当番が作る麦茶のほうがよほどましだった。どんなどうしようもない性格の雑な男が作っていたのだとしても。

しばらくまずいお茶でくつろいで、気が重いながらも女子トイレを出る。もしかしたら、においは少しましになっているかも、と思いながら、もともと座っていた席に向かうと、新しい利用者が座っていて、セキコは落胆する。書架と書架の間の通路から目を凝らして見ると、見覚えのあるその利用者は、室田いつみであることがわかった。くそっ、という悪態が、我知らず漏れる。その席の辺りがまだにおうのかどうかはわからなかったが、室田は涼しい顔で本を読んでいる。ときどきまばたきをするのと、ページをめくる以外は、ほとんど動きらしい動きをしない。

セキコは、溜め息をついて、書架の間をあてもなくうろつき、落ち着けそうな椅子を探したが、書架の傍らに申し訳程度に設置されている固い丸椅子さえ、読書をしている人で埋まっている。

失望しながら、エントランスへと向かう。べつにぎゅうぎゅうに詰められていてもいいから、机の上のパーソナルスペースに少々肘が入り込んでくるぐらいはいいから、においない所に座りたい、という希望も叶えられない。図書館で時間を潰す人々、というのは、プロ的なものになると、開館時間の前から外に並んで待っているのだという。自分もそうするしかないのだろうかと思う。絶対に無理だというわけではないけれど、それはそれで悲しい。セキコは、あらゆることに対して、がっつきたくない、と思っている。ただ、どうしてもがっつかねばならないＴＰＯではそうする覚悟もしているが、図書館での席取りが、その「どうしても」だとは思えなかった。

ナガヨシの家に行ければ、と思うけれど、今日は母親の姉だか妹だかが来ていると昨日聞いた。だからねえ、明日は来てもらったらちょっと困るのよお、とにこにこしてナガヨシの母親は言っていた。ずっとナガヨシの部屋にいるんだったらよくないですか？　と言いかけたが、母親が困ると言っているのだから困るのだろう、と思い直し、今日は行かないことにしていた。

自転車置き場の近くで、上の方からでなく、下の方からものすごいセミの鳴き声が聞こえたので、顔を歪めてそちらを見ると、クマゼミが裏返って転げまわっていた。馬鹿か、とセキコは無慈悲に思いながら、腕で額に滲む汗を拭う。セミはもはや、フライパンの上で火にかけられているかのようにのたうち回ってわめき散らしているが、一向に羽のある側を上にする体勢に戻る気配が無い。どうしてセミはいつも裏返って落ちているのだろう、と思いながら、自転車に鍵を差して、ふらふらと庇の下から走り出る。

　とりあえず、塾長から預った宿題をクレへ届けようと思った。あわよくば、クレの家に上げてもらおう、などとは考えてはいなかったが、そうやって何か行動することによって、一日が少しでも速く過ぎればいいと考えていた。家の外で動いていれば、家族と過ごす時間が減るのは確かなのだ。何かましなことをしたら、本当に少しは、少しはいいことがあるかもしれないとも思った。

　クレの家は、校区の東側にある、セキコが住んでいるそれにも似た、三棟ほどの小規模な団地の中にあり、図書館から自転車ではそう遠くない場所にあったが、正午過ぎに東に向かって自転車で移動するというのは、ぞっとするほどきついことだった。しかも周囲には緩い坂まであって、セキコは、夕方にすべきだった、と後悔しつつ、自転車に乗ったまま坂を上っていった。半分あたりまで上ったところで、ハンドルを持つ手に力が入らなくなり、そのまま後ろに滑り落ちそうになるぐらい、太陽の光が厳しく照りつけた。頭の中が、絶えず光に焼かれているように真っ白になっている。

　帽子、帽子がいる、とセキコは思うだけに止まらず、口の中で唱えながら、クレの住む団地にたどり着く。帽子、帽子、家のどこかになかったっけ、どんなださいのでもいいから、と、植え込みの木陰に入ってカバンを探り、まずい麦茶の入ったペットボトルを取り出す。下の方にしか残っていなかったお茶は、ぬるま湯かというほど温まっていて、水分をとったという気分にならない。

おまけに、クレの家は、団地の最上階である五階にあるのだった。ぜいぜい言いながら階段を上り、いなかったら殺す、と呪いながらインターホンを押す。はい、とはたしてクレはすぐに出て、セキコが名字を名乗ると、ああ、と何か釈然としないような声音《こわね》を返したが、すぐにドアを開けてくれた。

噂どおり、クレは太っていた。もともとぽっちゃりしてはいたが、それが更に膨張してしまったような感じだった。ただ、ずっと家の中にいるときいていたわりには、ちゃんとジーンズを穿《は》いていたり、ひげを見られるような感じで整えたりしていて、不思議な余裕がある。そのことについて、あ、ずっと家にいるからだ、と気付くまでには数秒もかからず、セキコは軽い嫉妬に駆られた。玄関の靴箱の上には、ポトスとよく知らない葉っぱの小さい観葉植物の寄せ植えがあり、クレの丸い肩越しに見える家の中も、どうもさっぱりと片付いているように見える。荒れた感じじゃや、空気の澱みなどはない。

むしろ、学校や塾にいる時のクレの方が辛そうに見えたな、ということを思い出した。不登校になってしまった時も、あの人が？　という意外性とともに、少し納得してしまった部分もあった。体型以外は目立つ生徒ではないクレは、クラスの男子の側の底辺グループに属していて、そのグループは、地味でおとなしい以外に、何かと心をざわめかせる要素があった。どこか排他的というか、選民的な意識のようなものを醸しだしていて、同じように地味なセキコやナガヨシの女のグループは、特に理由は思いつかないのだが、蔑まれている様子だった。ひどい手合いになると、プリントを回すだけで舌打ちをしたり、睨みつけてきたりするし、中学生なのに、すでに小学生の女にしか欲情しないような輩がいるという噂もあった。

クレは、そんなグループの中でもましなほうで、セキコたちが教室の机と机の間の通路を塞いで喋っていたとしても、どけよブス、などとは言わず、そういう悪態をつく仲間を、まあまあといなすような役割だった。立場はあまり強くないのか、いじめというほどではないのだが、グループの男に罵られたり、小突かれたりしているところはよく見た。クレとセキコとは成績が似ているので、塾で隣り合うことが多く、男子の中では喋りやすい部類で、何より親切だった。

「ああ、それはくそ暑い中どうもありがとう、ちょっとお茶でも出すよ」

　この時もそうだった。塾長の伝言とともに、宿題の入った茶封筒を渡すと、それを靴箱の上において、クレは中に引っ込み、すぐにグラスとお茶の入ったボトルを持って戻ってきた。セキコは、心底ありがたかったが、あまり人前で喉が渇いているのを見せるのはみっともないと思い、クレの視界から外れるように、玄関の隅に寄ってこそこそとお茶を飲んだ。クレの家の麦茶はおいしかった。たぶんちゃんと袋に書いてあるやり方で作ってるんだろうな、とセキコは考えた。結局、三杯もお代わりして、ただ宿題を渡すだけという以上に無駄な時間を過ごしてしまった。クレはクレで手持ち無沙汰なのか、茶封筒から宿題の冊子を出して靴箱の上に置き、首を傾《かし》げてぱらぱらとめくっている。

　人心地つくと、セキコは、先生が言ってたけど、クレは英語得意なの？　と少し引っ掛かっていたことを訊いた。クレは、いや、得意とかではないけど、好きだよ、と何か小悪事がばれたような、ばつの悪そうな顔をして、首を振ったので、県で一位なんだって？　ということは確かめないことにした。

　セキコと話している間じゅう、クレは、目を合わせて話すのが気が引けるのか、ずっと宿題の冊子をめくっていて、それがセキコには楽に思えた。英語以外の冊子を手にしている時は、無表情だったり、顔をしかめていたりするのだが、英語の冊子に目を通している時は、何か少しうれしそうに口角を上げているようにも見える。

なんか、なんていうか、この、一冊っていう単位がなあ、重かったんだよなあ、とぼそぼそ言った後、クレは、飯田は宿題進んでるの？ と訊いてきた。いいや全然、と答えると、へえ、まじめなのに、とクレは意外そうに目を丸くする。セキコは、わたしがまじめなんてどういう思い込みなのか、ナガヨシといるとまじめに見えるのだろうか、と首を傾げる。

「志望校は決まった？」

「まだだよ。公立ならここっていうのはだんだん見えてきたけど」

心に決めたはずの、大学の付属の私立校については、口にしないことにした。偏差値はあと少しで足りるというところだが、今の家の経済状況では行けないかも知れないと考えていたからだった。入学資金が足りないということは、身の程をわきまえない学校に行きたがるのと同じぐらい恥ずかしいとセキコは思っていた。

「そうか。ナガヨシとかはどうなの？」

「どうだろう、あの人は流れていくままなところがあるからなあ」

訊きたければ本人に確かめればいいではないか、という提案も呑み込む。そんなことを言って、クレをいびる筋合いもないと思った。クレは、そうか、と別に何でもいいような様子で、靴箱の上に腕を持たせかけて、宿題の冊子をめくる。ページが進むごとに、クレの目は少しずつ輝きを帯びる。

何度もお代わりしたお茶に飽きてきたので、宿題の冊子をだんだん本格的に検分し始めたクレの様子を観察する。左手で、最後の方からページをめくりながら、宅配便用にでも置いてあるのか、靴箱の上に転がしてある、フィットネスジムのＰＲ用ノベルティの細いボールペンを右手に取り、クレは、開いたページの右下から問題を解いてゆく。手つきにはまったく迷いがなく、難しい問題から解答してゆくスピードは、規則正しい。

「ああこの話おもしろい」

体を傾けて、クレの手元の冊子を軽く覗くと、英語の長文読解の文が、もやもやとページ上に並んでいた。どういう話なの、と訊きたかったが、なんだか口にできなかった。

セキコの目の前で、クレは六ページ分の問題をさっさと解いて、今日はこれでおしまい、と冊子を茶封筒に戻した。セキコは、クレの明るいすっきりした様子を見て、どうして学校にも塾にも来ないのかますます不思議に思ったが、理由を問いただす気にはならなかった。

まあ、他の宿題もやってみなよ、と帰り際に勧めると、そうだなあ、暇だしなあ、とクレはにっこり笑った。セキコは、一瞬クレの余裕を羨《うらや》んだが、暇という意味では自分も暇だし、学校にも塾にも行けている分、クレよりは辛くないのだろうと思った。

クレは、朝飯に作りすぎた、と言って、冷たくなったフレンチトーストをタッパーウエアに入れて、お土産に持たせてくれた。セキコは、勧められるままにそれを受け取り、団地から戻る坂道を自転車で下っているときに、ということは、後でタッパー返しに行かないといけないのか、と気が付いた。

今度来るときは、とにかく正午過ぎには来ないでおこう、と思った。陽は高いままで、首の後ろが焼けるように暑かった。帽子を探していれば、家での時間は潰れるだろうかと考えた。まだ宿題をやる気にはなれなかった。

＊

朝電話をかけると、べつに家に来てもいいけども、夕方から尾行に出かけるよ、とナガヨシは言った。セキコは、もうそんなことやめろよ、と言いかけたが、ナガヨシの家に寄せてもらいたい手前、ああ、まあ、まあね、と曖昧に同意するしかなかった。

その電話の後、昼過ぎまで寝て、ナガヨシの家に出かけた。母親は仕事だし、妹は出かけていて、やはり父親だけが家にいた。父親は、セキコが嫌っているのを知っているのか知らないのか、半径三メートル以内にはよりつかなかったが、少し離れたところから、暑い暑い、だとか、寒くしすぎた、だとか、テレビがつまらない、だとか、独り言を言っているのが本当にうっとうしかった。何かセキコが自分の言葉に応えるのを待っているようでもあり、お茶を飲んだりトイレに行くため自室を出る度に、どこかから父親が見ているような気がして気分が悪かった。

そのくせ、家を出るときには、どこに行くのかなどとは訊いてこなかった。そういうところからも、父親は、セキコに対して父親らしくしたいというよりは、単に慣れて、自分を受容してほしいというだけなのだということがわかってうんざりした。

ナガヨシの家に行くと約束したのは三時だったが、少し早めに着いた。自転車で走っている間は、日差しはきついし腹も減ってくらくらした。父親がダイニングでずっと携帯ゲームをやっている様子だったので、お茶を飲む以外には何も口に入れていなかった。

その話をすると、それはごくろうさまー、とナガヨシはカップうどんを振る舞ってくれた。リビングにも台所にも人影がないので、お母さんはどうしたの、と尋ねると、今日は部屋から出てこない、寝てるんじゃないかな、とのことだった。昨日、姉が訪ねてきて以来、気分がすぐれないのだという。気分がすぐれない、ということを、ナガヨシは強調した。あの人は、機嫌は悪くならない、ただ、ふさぎ込むのだ、と妙にシリアスにナガヨシは言う。姉に、買い物のことについて揶揄されたのだという。真剣に叱られたのであれば、はいはいそのうちやめます、などと意外とけろっとしているのに、俊夫《としお》さんや亜津子《あつこ》はあんたのことを大きな子供だと思ってるわよ？　などと笑いながら誇《そし》られ、ひどく傷ついたのだそうだ。俊夫さんとはナガヨシの父親の名前で、亜津子というのはナガヨシ自身の名前である。

ナガヨシの母親の姉という人は、夫と共働きで、子供はまだいないらしい。不妊かもしれない、とも以前ちらっと聞いたことがある。姉妹の仲は、良いのか悪いのか、ナガヨシはわからないと言っていた。ただ、お互いが持っていないものを、お互いが持っていて、それをめぐってときどき激しく攻撃し合うのだそうだ。姉は、妹が家事もそこそこに買い物に耽って、会うたびに体重が増えていることを嘲り、妹は、姉に子供ができないことと、それで鬱寸前であることを憐れむ。

子供っつったってあたしだからねえ、できてたってそれがどうしたって感じ、とナガヨシは笑いながら、母親が購入してすぐに飽きたというコラーゲンドリンクを飲んでいた。セキコももらって飲むと、甘酸っぱくてかなりおいしかった。

うどんを食べ、一息ついて、ナガヨシとセキコは出かけることにした。時刻は四時を過ぎていたが、まだ太陽は照り付けていた。西に向かってどんどん自転車をこいでいくナガヨシにげっとなりつつも、昨日家に帰って探した帽子をかぶると、日差しは少しましになった。

隣の町を目指して、車の少ない裏通りを走りながら、ナガヨシは大和田について知ったことを説明してくれた。大和田の自宅まで突き止めてしまったらしい。大和田は、だいたい塾から帰ると五時ごろに家を出て、駅前の繁華街の方へ向かうそうだ。盆休みに入った昨日も、すごく大きなカバンを籠に入れて、自転車でどこかに行ったらしい。

「駅前の路地がごちゃごちゃしててさ、もう三回ぐらいそこで見失ってるような」

ナガヨシは振り返らずに説明する。もうとっくに尾行がばれてて、まかれてるんじゃないの、という言葉は、それを言うと遊びが終わってしまうので呑み込んだ。

大和田の家は、父親がいないようだ。そういう話を聞いたことがあるし、郵便物もすべて、大和田の母親と思しき女の名前のものばかりだったという。さすがに、なにしてんのよあんた、と呆れると、確かめてみたくなったの、とナガヨシは厳粛な口調で言った。ナガヨシはそれ以上は語らず、口をつぐんだが、セキコは、変なことをしているのはわかっているけど、自分に必要なことだから放っておいて、などとまで言われたような気がした。

大和田の家があるマンションは、長屋と商店で混み合っているその周囲では目立つ、十二階建てのこぎれいな建物だった。そのことをナガヨシに言うと、ナガヨシは、でも、マンションの名前のプレートは錆びてるよ、と肩をすくめた。確かめてみると、雨が伝ったような縦縞の、赤茶色に錆びた跡があって、これが掛けられた当初はどれだけピカピカだっただろうか、と考えるにつけ、物悲しい気分になった。

　マンションの前のバス停のベンチに座って、出入り口を窺っていると、ナガヨシの言うとおり、五時を過ぎた頃合に、大和田が自転車置き場から出てきた。何が入っているのか、重そうなカバンを肩から掛けている。眼鏡のレンズが、西日に反射してぎらりと光る。バス停のベンチに座っているナガヨシとセキコにはまったく気付いていない様子で、駅の方に向かって快調に走ってゆく。大和田が角を曲がる寸前で、ナガヨシは、行こう、と立ち上がって、ものすごい速さで自転車に乗って走り出した。

　大和田は、駅前の商店街に進入し、ひなびたケーキ屋の前に自転車を停めて、中に入った。「ケーキ」と太い赤字ででかでかと書かれた、蛍光灯で中から照らす看板が出ているような店で、セキコ自身は、こんな店で買い物はしないだろうな、と考えたが、ナガヨシは、ああいうところは意外とうまいと思う、と独り言を言っていた。シャッターの閉まった店の軒下で、自転車に乗ったまま話し合っていると、前から来た、腹が出ていてだらしない服装の中年の男が、二人の足元に唾を吐いていった。

　大和田は、真っ白な小さい紙袋を持ってすぐに店を出てきた。セキコは、すぐに大和田の走っていった方に自転車のタイヤを向けたが、ナガヨシはケーキ屋の店先まで行って、中の様子を覗きこんでいた。何してんのよ、と苛立って声を掛けると、スコーン五〇円て！　とナガヨシは大げさに驚いて、ウィンドウを指差した。

真剣に尾行をする気があるのかないのかわからないナガヨシを追い立てて、大和田の背中を探すと、ちょうど路地に曲がってゆくところで、こういう場所でナガヨシは大和田を見失っていたのだな、とセキコは思った。たしかに、この駅前の商店街は興味深い。薄暗く、古びていて小汚いけれど、見たことのないようなものが、考えたことのない値段で売られていたりする。たとえば、竹ぼうきに四八〇円という殴り書きの値札がついていたりだとか、うどんが一玉二〇円だとか、カラオケ一曲が一〇〇円だとか。揃って天井の低い店のそれぞれの品数は、雑貨屋ならば、何を売りたいのかがわからないほど異常に多く、うどんや卵などの食品なら、本当にそれだけが売られている。だいたいは中年以上の擦れ違う人の顔は、どこかぼんやりと弛緩している。一〇〇円だという一銭洋食の匂いに、心がざわめく。

帰りに買って帰れないだろうか、晩飯になりそう、などと思いながら、大和田の入った路地を、スピードを緩めて走る。大通りから枝分かれしたその路地は、狭いわりにアーケードがかかっているせいで余計に暗く、どこからか湿った埃のにおいが漂ってくる。通りの端と端で、手押し車に腰掛けた、小さな婆さんが二人、大声で話をしている。何を話しているか聞き取ろうとするが、自転車で走っているせいもあるし、声が大きい割に婆さん達の滑舌がひどいので、何を言っているのかまったくわからない。

婆さん達の声が遠のくと、息が苦しい、とナガヨシが呟くのが聞こえる。セキコも、ゆっくりと呼吸してみると、確実に何か空気以外のものが体の中に入るのがわかる。アーケードのかかった狭い通りを出ると、見通しが良くなり、大和田の姿が確実に追えるようになる。大和田は、少し広い道に出るとスピードを落とし、ある店のドアをじっと見た後、そのまま道を横切って、前の児童公園で自転車を降りて停車し、中に入っていった。迷いのない早足で、大和田はカバンを肩に引っ掛け、公園の入り口と真向かいに設置されている奥のベンチに腰掛ける。

陽が落ちかかって、オレンジ色の鈍い光が、公園全体を照らしていた。大和田は、カバンから雑誌のような冊子を取り出して、俯いて読み始める。

大和田の視界に入らないように、公園の生け垣の道路側に自転車を停めながら振り返ると、ナガヨシが、大和田がじっと見ていた店に目を凝らしていた。

「スナックっていうの、ああいうの」

「ああそうかも」

「バーとクラブとラウンジとスナックの違いってわかる？」

「わからないいな」

店の庇のテントは、けばけばしく鮮やかな赤色だった。それと対照的に、壁は妙に白く、小さい窓には安っぽいステンドグラスが嵌《はま》っている。ドアは、チョコレートのような茶色い木製だった。店の前には、「山茶花」と黒地にピンク色で抜かれた、セキコの腰ぐらいの高さの安っぽい灯籠のようなものが置かれている。右隣は、シャッターの閉まったクリーニング屋で、左隣は、やはりどぎついオレンジ色のテントがついている居酒屋だった。

お互いになんとなく、大和田はなんであの店を見ていたのか？　ということは口にせず、生け垣の裏に身を置いて、ツンとしたいやなにおいのする葉の茂った木の枝の間から、大和田の様子を窺う。ナガヨシがカバンから双眼鏡を取り出したので、あんたねえ、と言いかけたが、大和田に聞こえてはいけないので、息を呑んだだけで済ませる。

「お母さんの、これ。突然、星座の観察がしてみたいってね」

　でも近所を覗くのに使ってた、とナガヨシは続ける。セキコは、何かコメントする代わりに、無言でナガヨシの背中を軽く叩いた。ナガヨシは、へっと笑って、ああ、どんどん付箋を貼ってくよ、と大和田の様子を解説する。ナガヨシによると、大和田は雑誌をちゃんと頭からページをめくって、いちいち記事を熟読してから付箋を貼っているらしい。付箋を貼る前に、必ず妙な体勢で首を傾げるそうなのだが、それがフクロウのように見えるとナガヨシは声を弾ませた。セキコは、フクロウみたいなことの何がいいのよ、と言いつつも、ナガヨシが大和田に惹き付けられている理由はなんとなくわかった。

　とはいえ、陽が落ちきる頃には、セキコは飽きてきていた。公園や道に立つ街灯は白々と明るかったが、太陽の光がなくなってしまうと、妙に体がだるくなるのが不思議だった。そのことをナガヨシに話すと、ナガヨシは、は、と目を見開いて少し笑って、子供みたい、いや、人間らしい、と言い直した。ナガヨシは、暗くなればなるほどどんどん元気になっているようで、セキコは、どうせ子供ですよ、と肩をすくめた。

　つまらんよ、帰ろうよ、とセキコが言うと、あとちょっと、しりとりしよう、とナガヨシは振り返らないまま返した。やだよしりとりなんて、とナガヨシの脛を蹴ると、じゃあクイズ、とナガヨシは一方的に提案する。

「あるところにお父さんとお母さんと女の子がいました。ある日、お父さんとお母さんは外出することになり、留守番をすることになった女の子に、『地下室のドアは決して開けてはいけないよ。そうすると恐ろしいものを見てしまうからね』と言い残して、家を出てゆきました。しかし女の子は、言いつけを守らず、地下室のドアを開けてしまいました。さて彼女はどんなものを見たのでしょうか……」何やら不穏げな話を、ナガヨシは淡々と語る。「地下室のドアっていうと、あれだな、『ドニー・ダーコ』っていう映画を思い出す……。ドリュー・バリモアの台詞に、もっとも美しい英語の並びは、Cellar Doorっていう並びなんだっていうのがあって」

セキコはあくびをしながら、このままナガヨシに喋らせればいいかと判断する。それにしても、問題の答えが気にならないでもない。

「セラー・ドアーっていうのは、地下室のドアっていう意味で。あ、雑誌読み終わった」ナガヨシは、双眼鏡を持ち替えて報告する。「ああ、あれ、宿題だ」

宿題、と聞くと、え、なに？　どの科目？　とセキコはいやいやながらも反応してしまう。ナガヨシは、あーうーんー、うーん、首を回して何度か体勢を変えながら、理科かな、角んとこが水色だから、と答える。

「理科かあ、写させてもらえないかなあ」

そう言いながら、セキコがナガヨシの背中を叩いていると、後方から足元に光が差し込んだ。赤い庇の店である、「山茶花」のドアが開いたのだった。ナガヨシは気付いていない様子で、大和田から目を離さなかったが、セキコは少しだけ振り返って、どんな人が出て来たのかを確認する。

そうなの、うんわかったから、はんこはね、冷蔵庫の奥のバタークッキーの缶に入ってる。あとビンのフタを開けるゴムのやつは、薬箱の中に入れてる。他のものは大丈夫？　ちゃんとごはん食べられそう？

髪を複雑に盛って、白地に紺色の縁取りのスーツを着た、おばさんとお姉さんの間の年齢ぐらいに見える女の人が、携帯電話で誰かと話していた。

うん、いいよ、テレビつけっぱなしでも。お母さんが消しとくから。

セキコは、何か申し訳ない気持ちになって、女の人から目を逸らし、街灯に照らされるナガヨシの後ろ頭に視線を戻す。

「大和田君がこっちを見てるけど、うちらの方じゃないよね」

ナガヨシは、踵をじりじり後退させながら、なおも双眼鏡を覗き込んでいる。まだこっち見てる？　とセキコが言うと、あ、立ち上がりそう、とナガヨシは明らかに切羽詰ったただみ声で答える。ナガヨシの後ずさってくる背中を避けながら、立ち上がってどうなったの？　と訊くと、あ、座った、とナガヨシは後ろへの動きを止める。

それと同時に、再び足元が薄く照らされたので、肩越しに振り返ると、さっきまで携帯電話で話していた女の人が、店の中に入っていくところが見えた。

大和田はもしかして、あの女の人を見ていたのだろうか。

「なんだろ、なんか、やることがぶれ始めたな。宿題めくったり、雑誌出したり」

付箋外したりまた貼ったり、と大和田の様子をナガヨシは解説する。

「帰ろうよ」

突然、疲労感がいや増してきて、セキコがナガヨシの肩に手をおくと、ナガヨシは、まったくこだわりのない様子で、そうだね、と双眼鏡を下ろして、乱暴にカバンに投げ込んだ。もっと交渉が長引くことを予想していたセキコは、てきぱきと自転車に鍵を差すナガヨシを、呆けたように見守るばかりだった。

どっちだっけ？　どっちに行けば帰れるんだっけ？　と言いながら、振り返り振り返り走って行くナガヨシに答えながら、再び、店から出てきた女の人のことを考えた。大和田はあの女の人を見ていたのだろうか、それとも、ただの何かの偶然で、あの女の人が店から出てくると同時に大和田の挙動がおかしくなったのだろうか。

　商店街に戻ると、ナガヨシは、大和田が寄ったケーキ屋のシャッターが下りていることを派手に残念がった。安いスコーンを買いたかったようなのだが、セキコは、また来たらいいじゃん、と適当にいなしながら、自転車に乗ったまま眠ってしまわないように、首を回して肩を突っ張らせた。

　別れ際に、クイズの答えを訊くと、ナガヨシは、女の子は自宅の居間と、その窓の向こうの景色を見たんだよ、とどこか得意げに言った。女の子は、地下室に閉じこめられてたわけ、だから、開けてはいけないって言われるのが「地下室のドア」なんだよ、というナガヨシの声を聞きながら、セキコは、背筋が冷えて目が覚めるのを感じた。

＊

盆休みも数日が過ぎ、ほとんど宿題に手をつけられていないことに危機感を覚えたセキコは、宿題の冊子をナガヨシの家に持ち込むようになった。ナガヨシは相変わらず、まったくやる気がなさそうだった。

「数学が絶望的にわからないんだよ」

そう言いながら、セキコは数学の冊子の問題部分の一ページ目を開く。これまでの復習、と称して、簡単な連立方程式の計算問題が数問あるのだが、三問目ですでにつまずいている。昨日、ちょっと夜更かしをしてやってみよう、とラジオをつけて数学の宿題を始めたものの、すぐに問題の方向を見失ってしまい、結局ラジオに集中して、来週も聴こうと思ったところで寝てしまった。

ナガヨシは、問題を検分して、あーうん、まあ、ここの部分なら、わかる、かも？と甚だ確信の持てない様子で冊子をめくり、いやになってきたのかすぐに手を離した。

「去年とか、前の冬休みはどうしてたっけ？」

「どうだっけ、冬休みのほうは、最終日に高崎《たかさき》さんちに行ったのを覚えてる」

「ああそうだったそうだった。それでなんか、宿題ができてないことのプレッシャーとか忘れてるのか」

高崎さんは、塾で成績がいちばん良い他校の女子で、無理に勉強せずともともと頭の作りが良く、成績優秀な人の常か、わりと鷹揚なところがあり、普段あまり関わることのないセキコ達にも宿題を写させてくれたのだった。別のクラスメイトを頼って、高崎さんの家にたどり着くと、リビングが男女を問わない他の生徒で埋め尽くされて、何かの工場みたいになっていたことを思い出す。たしか、高崎さんも含めて六人が部屋にたむろしていて、そこにセキコとナガヨシが加わって八人になった。こたつには、四人ずつ二グループに分かれて十五分交替で入り、××の△△ページ目が写せてるひとー、などという声が飛び交う様子には、やけくそな活気があった。高崎さんは高崎さんで、すべての科目を終わらせていたわけではなく、あの科目のあの部分を見せて欲しいんだけどなあ、と友人に相談したところ、芋づる式に塾の連中が集まってきたようだ。ほとんどが、高崎さんと同じ中学に通う生徒で、セキコとナガヨシは、そういう意味ではやや場違いだったが、今まで喋ったことのない人と話したりもして、それはそれでけっこう楽しかった。

「今度もあれやらないかなあ？　電話してみたらどうだろう」

「どうやって訊くんだよ、また最終日に家に他の生徒呼びますかって？」

「宿題すすんでるー？　でいいと思う」

「普段べつに連絡したりしないのに、こういう時だけ？」

「全然わからないんで、皆に連絡しようと思ってるんだけど、あなたが最初だ、って言えばいいんじゃないの、正直に」

「うーん」

「切羽詰った日にちじゃないから、べつにそんなにいやしくも思われないと思うよ」

思い立ったが吉日なのか、ナガヨシはさっさと高崎さんに電話をかけた。ああうん元気、だとか、それはいいなあ、うらやましいなあ、だとか、あー野球は見てない、だとか、そうだね、二十四時間テレビ楽しみだね、などと答えるナガヨシからは、とりあえず高崎さんとはフレンドリーにやりとりをしているみたいだが、話が実質的に進みそうかどうかは見えてこなかった。

「へー、それでいつ帰るの？　ああ、そっか、そっか、それはね、ぎりぎりまでねえ……」ナガヨシの顔が、みるみる引き攣ってゆく。「そうかあー、おみやげ楽しみにしてるよー」

ナガヨシの言葉から推測されることを思い、セキコはがっくりと項垂《うなだ》れる。おみやげ。そうか、旅行中か。溜め息をついて、ナガヨシは携帯電話をベッドの上に放り投げる。

「旅行だって。石川県にあるっていうイギリス風のマナーハウス。帰りは休みの最後の日だって」

「マナーハウスて何よ？」

「知らない。テレビないけど楽しいって言ってた」そんなのうちのお母さんなら生きていけないよ、などと心底どうでもいいことを言いながら、ナガヨシは卓袱台にべったりと伏せてしまう。「塾全員におみやげ配るんだってー」

「おみやげいらないから宿題写させてほしいよなあ……」

必死に頭を動かして、他の生徒の面影をカードのように繰りながら、高崎さん以外に、誰か宿題を見せてくれそうな人間の顔を思い出そうとするが、けっこう出てこない。

「北田《きただ》君は？」

「あー、意外と冷たいよ。くそったれの中江と仲いいし。田代が嫌いって言ってた」

セキコは、高崎さんの次に成績がいい生徒の名前を出すナガヨシの提案を却下する。

どう冷たいの？　と訊かれ、田代の成績が四番目で北田と前後に座ってた時に、田代が床にペンケースを落としたことがあったのだが、北田は消しゴムを蹴っ飛ばしてどこかにやってしまったにもかかわらず、あやまってもくれないし、探してもくれなかったらしい、と説明する。ナガヨシは、あーあーとうなずいてその話を聞きながら、そういう細かい行動って一事が万事なんだよなあ、と年寄りくさい言い回しで納得する。その田代に頼るという選択は有りな気もするが、特定の生徒を目の敵にして嫌がらせをする中江のような男が仲良くしたがっているわりに、すごく真面目な性分の生徒なので、おいそれとは言いにくい。他に出てきた名前も、すべてが「中江とつるんでるからいやだ」か、「ちょっと言いにくいなあ」のどちらかの理由で消されていった。

ナガヨシは、もうこの際いいじゃん中江の関係者でもさあ、と卓袱台の上でうだうだと揺れるが、セキコは頑として応じなかった。嫌いな人間は嫌いなのだ。嫌いな人間と一緒にいられる人間も、理解できないからできるだけ関わりたくないし、借りも作りたくない。最初はいいかもしれないが、少し話すうちに自分の否定的な感情があらわになるような気がするし、宿題を写すなどという切羽詰っている状況で、そんな余計なことに心を砕きたくない。

その日はそんなふうに、誰が自分達を救ってくれるのか、という話だけに終わり、やがて、炊飯器でケーキを焼いたの、食べにきなさい、というナガヨシの母親の乱入によって、宿題のことは流されていった。生クリームだけでべったりと飾ったケーキは、ひたすら甘ったるかったが、心配事で頭がいっぱいの身には浸みこむようにありがたかった。

家に帰って、卓上カレンダーの升目を数えながら、深い溜め息をついた。今まで何をしていたのだろうか。父親にむかついて、図書館で席取りをして、クレに宿題の冊子を持っていって、ナガヨシの尾行に付き合っていただけだった。何より時間を消費したのは、ナガヨシの母親の話を聞く時間だったように思えてくる。この数日で、普段以上に無駄にナガヨシの母親の話を聞き、無駄にナガヨシの母親のことを知った。出身の高校だとか、得意科目だとか、好きな男性アナウンサーだとか、韓流ドラマのボックスを間違えて二つ買っただとか、昔の将来の夢だとか。話には一貫性がなく、ただ話すために話しているような感じもするのだが、ナガヨシの母親は、セキコとナガヨシをリビングに呼んでお菓子を振る舞いながら、よどみなく話し続けた。家に帰る時間が来るたびに、ナガヨシは、今日もお母さんがごめんね、とすまないと思っているのか、ただ形式的に言っているだけなのかわからないようなフラットな様子であやまるのだが、そのナガヨシ自身は、母親の止まらない話を、エアコンの音のように聞き流す能力があるようだった。

そういうふうに、自分も父親の所作や言動を受け流すべきなのかなあ、とセキコは思う。家にいないのは損だ。始終外に出て、誰かとつるんで、あることないこと喋っている同級生がいるのは知っているけれども、それはそれで疲れないだろうかと思う。そういう子たちに限って、水筒なんて持ち歩かないし、喉が渇いたらお茶を買うのだろう。それはお金がかかるし、人といるだけで金が出て行くなんて、そのうちいらいらしてくるに違いない。だから、どうしても外に出て誰かとつるみたがる子たちは始終仲違いをしているか、そうでなければ、自分に聞かせるような馬鹿でかい声で笑っているのだろう。自分に、自分は満たされていると納得させるために。

しかし、その日もセキコは父親に我慢ならなかった。朝、部屋で寝ていると、大きな罵り声が聞こえてきて目が覚め、そっとドアを開けて様子を確かめると、父親が一人で朝のワイドショーの雇用に関する討論を見ながら、馬鹿かおまえは、クソが、と悪態をついているのが見えた。テレビには、有名な政治家が映っていた。べつの政治家やコメンテーターに切り替わっても、父親は、馬鹿か、おまえに何がわかる、おまえのような奴がいるから、と吐き捨て続けた。誰がテレビに映ってもだった。途中で、実演CMのおねえさんが洗剤の漂白成分について説明している時でさえ。

景気のせいであんたの仕事がないいんじゃないだろう。そうセキコは言いたかった。あんたは世間に仕事がある時からずっとそうだっただろう。家から受け継いだ事務所を潰して、職場を転々として、馬鹿に使われるのは嫌だとほざいて辞めて。

いらいらして、ドアを乱暴に開けて洗面所に向かうと、おっ、セキコか、と父親は声を掛けてきた。まるで久しぶりに目にした友人に掛ける声音を装うように。弾むような声だった。遊び相手が見つかった、とわくわくしているような。長らく放っておかれた犬が、尻尾を振るような。

歯を磨きながらそんなことを考えると、気分が悪くなってえずいた。気持ちの悪い人だ。とことん自分とは合わない人だ。

長いこと顔を洗いながら、水流の音を聞き、すこしましになったところで部屋に戻って身繕いをして、そのまま家を出た。ナガヨシからは、今日は母親の買い物に付き合わなければいけないから留守にすると昨日聞いていたので、行くところは図書館しかない。たまには遊んでよ、とナガヨシの母親は言っていたのだそうだ。いつも遊んであげてるじゃないか、という言葉は、よその親のことなので呑み込んだ。

横断歩道の信号待ちで、目を開けていられないほどの太陽の光に襲い掛かられて、帽子を忘れてしまったことに気がついたが、取りに戻る気にはなれなかった。やけに長い信号を待つ間、近くの街路樹の下に避難したものの、樹の臭いは胸を詰まらせるように鋭く苦かった。

金を使ってしまおうかとも思う。それで、駅前の喫茶店のどこかに入って一日じゅういればいいのかもしれない。しかし、そんな長い時間どうやって過ごせばいいのかもわからない。図書館はまだ、本が無数にあるので、何時間かごとに読むものや興味の対象を更新できるのだが、喫茶店ではどうしたらいいのだろう。安い飲み物で何時間もいて、店員に疎《うと》んじられながら。

結局、たどり着いたのは図書館だった。まだ開館していないエントランスの前には、わらわらと薄汚れた格好の男たちが人だかりを作っている。セキコはそこから距離を置いて立ちながら、自分は何をしているのだろうと泣きたくなる。それでもまだ、この人たちはましかもしれないとも思う。本当は路頭に迷っていても仕方がないぐらいなのに、母親のお目こぼしというか、世間に対して体面を保ちたい気持ちというか、はた迷惑な家族愛というか、その全部につけこんでたかって、朝っぱらから何もかもを他人のせいにしている父親と比べたら。

あまりにもいらいらしてきたので、開館するやいなや、セキコは人だかりを掻き分けて建物の中に入り、ずんずんと二階の学術書のエリアへと向かい、端っこの席に荷物を乱暴に置いた後、法律の本がさしてある棚を目指した。親子の縁を切りたい、と思ったのだった。その方法を調べるために、法律の本を見てみよう、と思いついたのだが、まったく手にもしたことのない、タイトルすら意味がわからない本の並びを前に、セキコは簡単に途方に暮れた。いちおう、フロアには司書のおねえさんもいて、借りたい図書に関する相談もできることになっているのだが、父親と縁を切りたいのですが、どの本を借りればいいでしょうか、などと直球で相談できるわけもない。セキコとしては、してもよかったのだが、おねえさんが困ってしまうだろう。

迷っているうちに、どんどんフロアには人が流れ込んできて不安になる。とたんに席はあらかた埋まり、セキコの荷物など押しのけられてしまうような勢いで、利用者がたむろしている。席の取り合いで、本を読まずに目を瞑っていたおやじと、同じく本を読まずに受験勉強をするのであろう、参考書を小脇に抱えた若い男が言い争っている。若い男が手を上げそうになり、あわてて、妙齢の女性の司書がとんでくる。他の連中は、それには見向きもしない。いや、興味がないふりをしつつもちらちら見ているが、誰も司書を助けようとはしない。

席はもともと座っていたおやじのものになったようで、おやじはさすがに寝るのは気が引けたのか、机の上に置いていた新聞を読み始めた。暗い目をして口元の歪んだ若い男の目線が、荷物だけ置いてあるセキコの席に向けられていることに気付いたので、小走りになってそちらに向かう。セキコがとっていた席の隣も、カバンだけが置かれていて二つつづきに空いているような様子だったので若い男の目にとまったのだろう。図書館で勉強をしている連中は、やたらと散らかすので広いスペースがいるのだ。

結局、親子の縁を切るためのヒントとなる本は得られなかった。セキコは、今日返却する予定の、短時間でできる料理の本を開く。家でも図書館でもさんざん見た本なのだが、読む本がなくて席を離れにくい以上、仕方がなかった。キャベツとベーコンのパスタ、という項目の、パスタが茹で上がる二分前に、パスタ鍋にキャベツを投入しろ、という指示を何度も読んでしまう。そうかその手があったのか。

隣の席の椅子が引かれる気配がした。気にはかかるものの、その人物が椅子に腰掛けるまでは、どんな様子の人間かは見ないことにする。さっきの若い男のように、半分おかしいような人間もここにはよく来るからだ。もし訝った目付きで視線が合ったりしたら、ややこしいことになる。

隣の人物が本を開き、完全に落ち着くのをしばらく待っていたが、机の上のカバンをごそごそしたままなので、なんなのだろうとしびれをきらして、ついつい見てしまうと、室田いつみがいて、真意の読み取れない、平たい顔つきでセキコのほうをじっと見ていた。なんでこいつがここに、と落胆したセキコが、ああ、と思わず声を漏らすと、室田は、おはよう、と会釈をした。セキコは、困った、と頭を振りたくなるが、室田はほとんどかまわない様子で、カバンの中から本を出して読み始める。厚めの文庫本だった。顔全体に大きな虫がへばりついている男のイラストが、軽いタッチで描かれている。虫はゴキブリのようにも見えるのだが、そんなに不愉快な感じはしない。

「飯田さんは、ここ、よく来るの？」

室田は、しおりを挟んであったところを開きながら、小声で話しかけてくる。セキコはうん、まあ、とあいまいに返事をする。そっか、と室田は、何か合点がいったようにうなずく。そこで会話が途切れてしまうのも不自然に感じたので、セキコは、室田さんは？　と訊き返す。室田は、わたしもよく来る、と再びうなずく。

思ったよりいやな感じはしなかった。確かに、にこにこと微笑みながら話すタイプではないが、変に突っ張っているわけでもない。かっこつけてすべてにめんどくさそうというわけでもない。とにかく、心の動きを誇張する人間ではないのだろう。

よく来るのか来ないのか、という話だけで会話を終わるのも、逆に後を引くような気がしたので、セキコは、何か室田に訊きたいことを咄嗟に探し、しかしすぐには思いつかず、何組だったたっけ？　などとつまらない質問をしてしまう。実際に知らないことなのだが。

「1組。飯田さんは？」

「5組。棟違うよね。渡り廊下のこっちとあっち」

セキコの身振りに、室田はフラットな顔をしてまた首を縦に振る。笑わない。口角を上げたりもしない。ただ、下唇を突き出して、何事か納得しようとはしている。

小学校はどこだっけ？　と訊いてくる。セキコの中学校は、三つの小学校からの生徒が集まってきている。校名を答えると、室田も、わたしはどこそこ、とちゃんと返す。話し方がいやな奴は、質問をして答えさせるだけ答えさせておいて、意味深《いみしん》にうなずくというようなことをしがちだが、べつにそういうこともないようだ。

「ナガヨシさんと仲いいんだよね」

「ああ、まあね。そうだな、仲いいかな」

「わたしは塾でしか知らないけど、面白い人だよね」

「まあね、でものんびりしすぎてて、ときどきはらはらするなあ」

ナガヨシ、塾、ときて、自分は室田にある重要なことを訊きたいはずなのだが、ということに気付き、セキコは焦り始めたが、向かいの席でノートと参考書を開いて勉強をしていた若い女が、あからさまな舌打ちをしたので、口をつぐんでしまった。室田のほうを見ると、すみません、と小さな声で謝りつつ、冷ややかな半目で女を凝視していたので、セキコは少し溜飲が下がるのを感じた。

そのまま、セキコと室田は話すこともなかったが、お互いがいる分、席を離れやすくなったのか、セキコは本を返して、新しい本を借りてくることができたし、室田も席を立って、どこかへ行って、本を持って戻ってきたりしていた。どちらかが戻ってくるたびに、慣習のように何かを話さなければいけないのは苦痛だったけれども。自分はどうして、トイレ空いてたよ、などという話を室田にしてしまうのかわからなかったし、それに対して、そっか、と言うぐらいしかしない室田に、理不尽に腹を立てた。ナガヨシや、別の友達ならもっと話すだろうと思った。まだ正午にはならない時間で、もしかしてこのまま、閉館までずっと室田と一緒なのかと思うと、だんだん気が滅入ってくる。

新しい本も借りたし、やっぱりここは出ようかな、喫茶店で二時間半ぐらい潰して、できればまた別のコーヒー屋にでも行って、夕方まで粘って、そしたら母親や妹も家に帰ってきてるだろうから、などとぼんやり考えていると、室田が、飯田さんはお昼どうするの？　と声を掛けてきた。へ？　と訊き返してしまう。言われてみれば腹は空いていたが、慣れた感覚だったので、特に気にも留めていなかった。

「でも、席離れたらとられちゃうから」

「午後の一時を過ぎると、子供向けの本のあたりで席が空くところがあるんだよ」

いつも来ている親子連れが何組かあるのだが、一時を過ぎると昼ごはんを食べに帰ってしまうのだ、と室田は説明した。セキコは、子供向けのエリアの空席状況など考えたこともなかったので、室田はそうとうここに来ているのだな、と少し驚いた。

「一階のカフェテリア、おにぎりのセットが安いんだけど、早く行かないと売り切れちゃうから、どうだろう」

「ああうん」

安いと言われれば、結局うなずいてしまう。それじゃあ、と室田は、午前中死守していた席からいとも簡単に立ち上がり、すたすたとフロアを横切って階段へと向かう。セキコはそれを追いながら、安いっていくらなんだろう、訊けばよかった、ということばかり考えていた。

おにぎりのセットというのは、セキコからすると決して安くはない価格だった。おかかと梅の玄米おにぎりに、惣菜と味噌汁がついて四八〇円。牛丼だったらもっと安くて満足できるのに、とセキコは苛立った。この程度のものを「安い」という室田の金銭感覚にも、反感を覚えた。やっぱりこいつとは合わないな、と窓際のカウンターで並んで同じ物を食べながら、セキコはぼんやり思う。小学生の時、やたら小遣いをもらっている友達にしつこく誘われて、嫌々ながらカラオケに行ったことを思い出す。

ほとんどそいつが歌っていたのに、部屋代は割り勘だった。全然別の人間に対する遺恨なのに、それが室田を通して甦ってくるようだった。

おにぎりがパサパサしてる、とセキコが言うと、玄米だからね、と室田は答えた。その、何か達観した様子も、違う、と感じる。ナガヨシとなら、口に入るものがまずかったら十分でも二十分でもその話ができるはずなのに。食事中に交わした会話はそれだけだった。やっぱり早く帰ればよかった、と後悔した。

まずいおにぎりを口に詰め込み、それじゃあ帰るよ、と席を立ちそうになっていた時に、間が悪く、飯田さんはなんでよく図書館にいるの、と室田が話しかけてきた。驚いたセキコは、おにぎりを喉に詰まらせ、背中を折り曲げて咳き込んだ。室田なんかにみっともないところを間近で見られている、と思うと死にたくなった。大丈夫？と相変わらず平板な調子で話しかけてくる室田がわずらわしい。おまえは、心配そう、という顔を作ることもできないのか。

セキコは、もうべつに食道の様子はおかしくないのだが、室田の質問に答えるのを先延ばしにしたくて、しつこく咳き込んでいた。この間に、室田が自分の質問について忘れてしまえばいいと思っていた。

「わたしは、大学生の兄が夏休みで家に帰ってきてるから。兄の彼女も来てる。父親と母親も交えて、仲良しごっこみたいなのをしてる。それがすごく気持ち悪くて、家にいたくないから」

自分の咳の合間から、室田の話す声が聞こえた。セキコは耳を疑ったが、訊き返すことはできなかった。室田が立ち上がる気配がして、すぐに戻ってきた。トレーの上には、新しくお茶を汲んできた湯呑みが置いてある。室田のほうを見ると、湯呑みを口元につけながら、超然とした顔つきで、窓の向こうの車道を眺めている。

「気持ち悪いんだ？」

「すごくね」

セキコの言葉に、室田はゆっくりとうなずいて、溜め息をついた。

しばらく、何も言わずにセキコも車の通りを眺めていた。何の感慨もないかと思っていたら、それなりにいろんな車両が通るので、つまらないことはなかった。タクシーの後部座席に人が乗っていたら「この金持ちめ」と思うし、救急車や消防車が通っていくとはらはらしながら微かにわくわくもした。

一時前までカフェテリアで過ごした後、セキコは結局図書館を出ることにした。室田の言うとおり、子供向けエリアの席は空いているようだったが、このまま一緒にいて、また反感を覚えるようなことがあっても疲れる、と思ったのだった。帰る、と言うと、熱中症に気をつけて、と室田は大人のようなことを言った。手は振らなかった。

熱中症か、と自転車置き場で帽子を持っていないことに憂鬱になりながら、後輪のスタンドを蹴っていると、突然室田に訊かなければいけなかったことを思い出した。そうだ、宿題、とセキコは目を見開いて口にしたが、図書館に戻って問い合わせるわけにもいかず、自分の間抜けさ加減に首を傾げながら、セキコは図書館の敷地を出て行った。

日差しがすさまじかったが、帰り道は南向きだったので、太陽に向かって自転車を漕いだ。横断歩道で頭が真っ白になって、このまま倒れるのではないかと思った。改めて、ばかみたいに冷やした部屋で、テレビに文句をつけながらゲームで遊んでいる父親に対して、死んだらいいのに、と思った。

＊

蚊がいる、とセキコが言うと、え？　いるの？　とナガヨシはまったく意外という様子でセキコを振り返った。いるよ、脚と腕刺された、とふくらはぎの五〇〇円玉大の跡を掻く。少し考えてみれば、児童公園の藪に蚊がいるなんてすぐに気がつく話なのだが、なんで虫除けを塗ってこなかったのだろう、とセキコは後悔する。ここに来るのはまだ二回目だからか。それにしてもナガヨシは、まったく平気そうにしている。暑さにもどうも強いようだ。特別鈍感なのか、ちょっと他とは違う体の構造なのか。

ナガヨシが大和田をこの公園の高い生け垣越しに張り込むのは、もう四回目だとのことだ。あんたはネタとしてじゃなく大和田君が好きなの？　と訊くと、ナガヨシは、うーんまあ、好きは好きだけど、どうだろうなあ、と首を傾げた。

「セキコはO型？」

双眼鏡を覗き込んだまま、ナガヨシが質問してくるので、そうだな、と答えると、それで蚊にやられるんだな、と一人納得していた。

「大和田君今何してんの？」

特に興味もなかったけれど、だんだん膝の裏もかゆくなってきたことから気を逸らすために訊くと、宿題しようとして、やめて、また開けて、ってずっとやってる、とナガヨシは解説する。科目は国語と英語で、交互にやろうとしてはやめて、ということを繰り返しているらしい。

「あんたはやってんの？　塾の宿題」

「全然やってないなあ」

　まったく悪びれもせず、ナガヨシは言う。どうしてこいつはこういつものんきなのだろう、とわかりきったことに、セキコは今更ながら苛立ってしまう。たぶん体のあちこちがかゆいせいだろう。

「休み半分終わったよ。どうすんのよ」

「あさってからやるよ」

　明日でさえないのだった。肝が太いのか、それとも本当に何も考えていないのか、セキコは呆れる。去年やおととしのナガヨシは、もう少しは焦っていたはずなのだが、長い休みのたびに、追い詰められつつも何とかなっているので、今度もそうなるだろうという考えでいるのか。追い詰められ慣れてもきているのだろう。

　セキコ自身はというと、毎日の夜中に何とか少しずつ手をつけ始めていたが、どうにも進み具合はかんばしくなかった。ラジオを聴きながら取り掛かるのだが、問題がわからなくなるとそちらに逃げてしまうということもあったし、こんなことをしたって高校にちゃんと通えるのかどうか、という虚無感もあった。

　昨日の夜遅く、父親と母親が話し合っているところを見かけたが、結局最後には、二人でテレビを見ていた。夫婦仲が良いのに越したことはないかもしれないけれども、セキコには、彼らの関係は惰性に見えた。母親は、夫と争って家の中に波風を立てるぐらいなら、自分や娘達の感情を押さえつけるほうを選んでいるようだったし、父親は、母親のそういう事なかれ主義につけこんでいた。そして気まぐれに、家族サービスと称してまずい料理を作ったり、風呂を洗ったり、勝手な模様替えをしたりする。雨の日に洗濯物を取り込んだだけで、わざと家族の見えるところに洗濯物を積み上げて誇示する。感心しろとでもいうように。セキコには父親が、家族の注視を欲しがる乞食のように見える。前に友達の家に行った時に、たまたまそこに来ていた親戚の男の子供が、そこらじゅうを走り回って叱られていたものの、一向にその場から離れようとせず、セキコが少しかまってやると、うざったいぐらいにまとわりついてきたことがあった。結局その日は、子供の相手をさせられただけに終わり、友達とはほとんど話らしい話はできなかった。父親はあの子供に似ていると思う。誰かの気を引くために部屋を散らかし、走り回り、絶え間なくいらつかせる言葉をひねり出しながら、始終媚びたような目で年かさの者たちを窺っていたあの子供。

新しく蚊に刺されたくるぶしの辺りを掻きながら、なんのかんので家のことを考えているのがいやになる。本当は、ナガヨシのこんな張り込みだって、父親の行動の一つ一つと同じぐらい愚にもつかないことはわかっている。けれど、家にいるぐらいなら、ここで蚊に食われてだらだらとナガヨシと話しているほうが何倍もましなのだ。

ナガヨシの見立てによると、大和田はすでに、理科の宿題は終えているらしい。ある日を境に、まったく理科の冊子を開かなくなったからだと言う。ナガヨシのその解釈に、はたして信憑性があるのかどうかはあやしいところだったが、大和田から理科の宿題を調達することはできないだろうか、とセキコは考えていた。ナガヨシは国語ができるし、悪くない考えなのではないか。問題は、ナガヨシにそんな発想が一切なさそうなことなのだが。

そのナガヨシは、双眼鏡を構えたまま、あ、わ、と言いながら後じさってきた。どうしたの？　と訊く間もなくナガヨシは、路地の向こうにすたこら走ってゆく。大和田のほうを見ると、いつの間にか立ち上がって、小走りでこちらに向かってきている。顔はよく見えないが、肩が怒っているように見える。セキコ、セキコ、とナガヨシが呼ぶ声が聞こえたが、それは大和田の、なんなんだよおまえらは！　という怒りの苦情に掻き消された。

「なんでおれをつけるんだよ！　つまらないことすんなよ！」

　つかまってしまったセキコは、はい、はい、と仕方なくうなずく。大和田はまだ声変わりしていない様子で、ときどき、ひきつるような感じで声が上ずる。

「もう、ほっといてくれよ！」

「うん、わかった」

　最初は、ちょっと気分が悪くなるぐらい緊張していたが、すぐに慣れてしまった。大和田が、あまり怖くなかったからだった。セキコより背が小さいのもあるのだが、何より、言葉が少しぎこちなく、人をなじり慣れていない感じがした。若い男にときどきいる、気に入らないものは捻り潰さずにはいられない連中の、異常に高圧的なところがまったくなかった。だからこそナガヨシは大和田を暇つぶしに使ったのだし、自分達はもうこれっきりにしなければいけないということも理解した。

　背後に、室内からのものと思しき光が道路に漏れる気配を感じた。それがあの、「山茶花」という店からのものであることもわかった。大和田は、すっと怯《ひる》んだように息を呑んで、植え込みの陰に隠れてしまう。セキコが振り返ると、腕まくりをした白いシャツに黒いスラックスを穿いた若い男が、店から出てきて、不審げにそのへんを見回していた。セキコも、その男と目を合わさないように、そっと街路灯の裏側に入って、そこにいないふりをする。男は、すぐに店の中に引っ込んだ。

「おまえらがそこにいるようになってから、あいつがよく出てくるようになったんだよ」

大和田は、またいつの間にか植え込みの陰から出てきており、忌々《いまいま》しそうに「山茶花」の板チョコのようなドアを見遣る。

「なんでわかるんだろう?」

「知らないよ、中の窓かなんかから見るんだろ」

なるほど、とセキコがうなずいていると、あのあのあの、ごめんね、ほんと、ごめんね、とナガヨシが戻ってきながら平謝りした。大和田は、まったくだよ！　と背筋を伸ばして、ナガヨシを怒鳴りつける。街路灯の光で、眼鏡がぎらっと光ったような気がした。それでもあまり怖くなかった。それ以上に、申し訳なかった、という気持ちがこみ上げてくる。

「お、おまえらがさ、そうやって不審者みたいにこのへんをふらふらしてることによって、おれがここに来にくくなるって考えたことはなかったのか」

ナガヨシは困ったようにセキコを見るが、セキコはセキコで、見られても何も言いようがなく、まあ、考えたことはなかった、と目線でナガヨシに同意を促すと、ナガヨシも、うん、なかった、ごめん、としおらしく陳謝する。大和田は、セキコと同じように蚊に刺されたのか、膝の裏の辺りを掻きながら、ほんとに、こんなことして何が面白いんだ、暇人どもめ、とぶつぶつ言い続ける。そんなことを言われても、セキコにもナガヨシの心のうちにある理由はわからなかった。ナガヨシ自身にだって、答えられない質問なのかもしれない。

「塾の宿題で困っててさ」セキコは、なかばやけくそで言ってみることにする。「今いろいろな人の様子をたしかめて回ってるんだよ、で、あたしらは大和田君の連絡先とか知らないしさ」

宿題、と聞くと、大和田の眼鏡が微かに光ったような気がしたが、すぐに大和田は、くだらない、と荒い鼻息をついた。

「塾の宿題ぐらい自分らでやれ」

「それができれば苦労しないんだけどねえ」

ナガヨシは、調子の良さそうな揉み手と笑顔で下手に出る。大和田は、また脚のどこかを掻きながら、まあ、多いけどな、今年は特に、受験だからかな、とぼそぼそ言う。

「大和田君は志望校決まったの？」

セキコの問いに、大和田は一瞬、口を開いてどこかの名前を言いかけるが、すぐに思い直したのか首を振り、おまえには関係ないよ、と一蹴した。

これ以上関わるのはかわいそうだ、と思い、セキコは、そうね、そうだね、と軽く同意をして、ナガヨシに向かって首を振った。もう帰らなければならない。これ以上大和田の事情に立ち入ってはいけない。ナガヨシは、ああ、ああ、とわかっているのかいないのか曖昧な様子でうなずきながらも、じゃあ最後に一つだけ、といやな予感をさせることを言う。

「大和田君はさ、なんでいつもここに来てるの？」

なんでいつもここに、というあたりで、ばかっ、とナガヨシを殴りたかったが、もう言ってしまった後だった。セキコがナガヨシを悲愴な顔で見る、という動作だけが、その場での動きだった。大和田は更に怒るのではないか、とセキコは予測したが、それは外れて、少し眉を寄せて首を傾げただけだった。

「理由はないよ」

そう言いながら大和田は、自分の心の中にあるものを確かめるように俯いた。

帰ろう、とナガヨシを促すと、ナガヨシもうなずいて、それじゃあね、気をつけてね、と手をあげて大和田に別れを告げる。余計なことを言うなあ、とセキコは思ったけれど、口にはしなかった。

公園の生け垣に沿って停めている自転車に鍵を差し、ストッパーを蹴ろうと足を振るが、うまく力が入らなかった。ナガヨシも同じようで、足がストッパーに命中しないどころか、別のところを蹴ってしまったらしく、いたい、いたいっ、とハンドルに頭を伏せて苦しんでいた。ナガヨシはサンダルを履いていたので、おそらく生身の爪先をあらぬところにぶつけてしまったのだろう。

まあ、天罰というかなんというか、とセキコは溜め息をつきながらサドルにまたがろうとして、ゆっくりとペダルを踏む。足が思うように動かない。ナガヨシは、しつこく痛い痛いと唸りながらよろよろとついてくる。ペダルを踏むのが苦痛になってくる。夏の夜の道の空気は、異様にぬるく重い。

降りて歩こう、と振り向くと、ナガヨシもうなずいて自転車を降りる。横には並ばず、縦に連なって商店街の方向へと戻ってゆく。試合に負けた運動部員て、こんな感じで歩いてるよな、などとふと思う。

駅前通りから枝分かれした、細い路地のアーケードは、昼間でさえ半分も開いていないシャッターがすべて下りている。静まり返った道は、来た時よりは埃っぽくないように思える。ナガヨシはもう、痛いと言うのをやめて、うつむいたまま自転車を押している。セキコは、何か言おうと言葉を探すけれども、言えることが何もない。

二人とも無言のまま、駅前の大通りにさしかかる。ほとんどの店は、閉店中か、すでにシャッターが閉まっているかだったが、まだ煌々と明かりをつけて営業している店もある。何も買えないのはわかっているけれど、どこかに入って何かを見たい、お茶碗でもほうきでも昆布でも、おばちゃんが着るようなシュミーズでも、などとぼんやり考えていると、ここ、入る、とナガヨシが口を開いて、初めて尾行に付き合った日に大和田が入っていった店の「ケーキ」という看板を指さした。

店の人間のものなのか、中に客の気配はないのに、一台だけ停まっている古いママチャリの横に駐輪し、ナガヨシについて店に入る。三段のケースの中には、シュークリームとショートケーキとチョコレートケーキがいくつか売れ残っている。値札はすべて、筆ペンによる手書きだった。古めかしい店構えから想像できるとおり、どのケーキももったりとした見た目だったが、妙にうまそうにも見える。やっぱり安いな、とナガヨシが呟いているのが聞こえる。

奥の作業場のようなところから、いらっしゃい、と白い服に白い帽子を被った初老の男が出てくる。セキコは、こんな古ぼけた商店街にあるような店でも、ちゃんとこういう感じでやってるんだなあ、と思いながら、男と目を合わさないように端に寄る。

セキコとは離れたところで、アイスのケースを漁っていたナガヨシは、プラスチックの小さなバスケットにシューアイスを入れて戻ってきて、これください、とケーキのケースの上に置く。お持ち歩きの時間は？　と訊かれたナガヨシは、二時間です、などと嘘を言う。ここから家までは、自転車で二十分かそこらなのに。

シューアイスは、無地ではあるが、それなりに立派な紙箱に入れられて、ナガヨシの手に戻ってきた。サドルにまたがるなりナガヨシは、安かったよ！　と先ほどの落胆から復活したように声を弾ませていた。一個八〇円だったらしい。そんなこと言われたってもう来ないよ、などと答えると、ナガヨシは信号待ちで一つ分けてくれた。バニラ味のシューアイスだった。ナガヨシも、肩をすくめていそいそと袋をむき、おいしー、などと言いながらかぶりついていた。確かにおいしい。単純な甘いミルクの味なのだが、それゆえにか、頭を使わない直線的なうまさが、舌を伝って体中に染み渡ってゆく。

信号の色が変わっても、二人は横断歩道の街路灯の下で、もそもそとシューアイスを食べ続けていた。ほとんど同時に食べ終わると、ナガヨシは満足げに両手をはらっていた。

「けっこう大きかったことない？」

「うん、大きかった」

「おいしかったしなあ」

街路灯のオレンジ色の光の下で、ナガヨシがぎゅーっと目をつむる。大和田のことはもう忘れてしまったのか、それとも、覚えていながらわざと、シューアイスへの感動に気を取られるように自分を仕向けているのか。

「大和田君を尾けなくなったらさ、もうこのへんに来ることはないから、食べられなくなるね」

　セキコがそう言うと、ナガヨシは肩をすくめて、青信号になった横断歩道へと走り出しながら、これを買いにまた来るかも！　と大声で言った。セキコは、そっか、と再び能天気な様子に戻ったナガヨシの背中を追いながら、何かほっとするものを感じた。

　ナガヨシと別れ、これでもう尾行に付き合うことはないんだ、と考えると、思ったより楽になった。じゃあ明日家行っていい？　と訊くと、お母さんの付き合いで映画に行くんだ、とのことで、すぐにすべてがうまくいくというわけではなかったのだが。韓国映画に行くのだそうだ。面白そう？　と、面白くなさそうという答えを期待して訊くと、お母さんが観るのにしては面白そうなほうかな、とナガヨシは中立な答えを返した。セキコはときどき、あの手を焼かせる女の子のような母親と、まともな神経で関わることができるナガヨシの柔軟さのようなものがわからなくなる。

　でも夜は来ていいと思う、お母さんまたどうせデパ地下で買い物して、それを晩ご飯にするだろうから、それを食べてって、とナガヨシは言った。映画を観た後、お茶を飲み、軽く夕食を食べて、さらに百貨店で惣菜を買うのだそうだ。それは太る、とセキコは思いながらも、少し羨ましく感じた。セキコの母親は、たぶん料理がうまくも下手でもないのだが、自分の嫌いなものはセキコと妹が食べたがっても絶対に作らない。しかし父親の好きなものは作るのだ。わたしとお父さんは好みが似ているから、と母親は言うが、それは違う、とセキコは考えている。そのことを妹に言うと、それは考えすぎじゃないのー、と少し笑われた。どこまでもいやな女のガキだ。

大和田を尾行する前にナガヨシの家で、おやつをしこたま食べたので、晩ご飯を食べなくても腹は減っていなかったが、家に帰ると、夕食の残りのそうめんを少しもらって、部屋で食べた。父親がゲーム機を出しっぱなしにしていて、怒りのあまり手に持っていたそうめんとつゆを載せた盆を床にぶちまけそうになったが、それは何とか堪《こら》えた。

いらいらしたまま横になり、そのまま眠ってしまった。ラジオを聴くためにセットした目覚ましで起きると、顔やシャツが汗ばんでいて気持ちが悪かったので、洗面所に向かうと、奥の部屋の方から、いやな呻き声が聞こえた。セキコは、何を見ているというわけでもなく顔を背けて、洗面所でごしごし顔を洗い、行きたくはなかったけれどトイレで用を足した。あの人たちはあれをしたあと、いつも一緒に風呂に入る。

だからその時間にぶつからないように、風呂場に隣接するトイレには早く行っておかなければならない。

風呂場の中で、あの人たちは気味が悪いぐらい親密に振舞う。愛を囁き合う。吐き気がする。セキコが小学校に上がる前ぐらいには、ドアを閉めない時もあった。どうせ何もわからないとたかをくくって。セキコはトイレに行きたかったが、親たちがそんな様子だから、行くことができなかった。いつも何とか我慢していたが、気絶しそうなほど苦しかったのを覚えている。だから今も、親が性交を始めると、必ず彼らが寝床にいるうちにトイレに行く。

部屋に戻っても、母親の甲高い声が壁越しに伝わってくるようだった。妹のベッドを覗き込むと、姉妹で共有の携帯プレイヤーのイヤホンを耳に差したままぐっすりと眠っていて、無性に泣きたくなった。

ラジオにつないだイヤホンを耳に差し込み、音量を上げて、何かに駆り立てられるように、勉強机の上に出しっぱなしになっていた宿題の冊子を開いた。いちばん上にあったのは、まだ負担の軽そうな社会の冊子で、セキコは、カバンの中からテキストを引っ張り出し、調べものを始めた。

深夜三時までのトーク番組が終わって、トラック運転手向けの歌謡曲の番組が始まっても、セキコは宿題をやり続けた。きっともう、親たちはすべての行程を終えて部屋に戻っているだろうと思う。自分はそれ以上に起き続けて、意味のあることをやりたいと思った。いちばん難しくない宿題をやっているとはいえ、物事が進んでいる実感は、セキコのやりきれなさを少しだけなだめた。

朝日が昇る時分になり、セキコは社会の宿題をやり終えて寝床に入った。それでも、母親の声が頭の中に反響しているようで、手の甲で耳を塞ぎ、枕を引っ掻いて音を鳴らしながら眠った。

＊

昼過ぎまで寝るつもりだったが、正午に母親に叩き起こされた。親戚が家に来るから、その場に同席しろと言う。盆休みで、母親の弟夫婦が帰省しており、セキコの家も訪ねることにしたのだそうだ。セキコの祖父母は、母方も父方も、急行に乗れば三十分以内で行けるところに住んでいるので、セキコたち一家は、盆だからといって特別に帰省することもなかったが、他県に住んでいる母親の弟夫婦は、毎年盆と正月には祖父母の家に帰省のようなことをする。

父親に付き合ってもらえばいいじゃないか、と言うと、お父さんは大学の友達のところに仕事の相談に行っている、と母親は答えた。仕事の相談、とセキコは鼻で笑いそうになる。要するに求職活動なのだが、それを「仕事の相談」などという子供に説明するような言い回しで表現する母親には、いいかげんにしろと言いたくなる。脈はあんの？　と訊くと、あんたが気にするようなことじゃない、と母親は怒ったように答えた。きっとないのだろう。以前にも父親は、友人のつてで仕事を得たことがあったが、あいつの事務所とおれのやり方は違う、という悪態をついて辞め、その友人も失った。父親のプライドは高く、それは家族にも金にも換えがたいものらしい。

母親はきっと、父親が出歩く日を狙って弟夫婦を呼んだのだろう。父親と母親の弟の折り合いは良いほうではない。セキコからしたら、叔父も仕事を転々として、会うたびに何かうさんくさい商品を母親に買わせたり、契約をとろうとしており、父親と似たタイプにも思えたが、うまは合わないようだ。

この世界のどこに、まともに働く男がいるのだろう、と着替えをしながらぼんやり考えてみる。祖父に関しては、父方は設計事務所を経営し、母方は勤続数十年の会社員だったが、設計事務所は息子である父親が潰し、母方の叔父は、父親に頭金を出してもらって買った家をこっそり売った。セキコは頭を振る。誰がいったい、家庭の父親は働くものと、子供に教えるのだろう。自分の周りには、無力な大人の男がごろごろしている。

隣に座っていてくれたらいいから、と母親は言った。まだ眠いセキコは、お父さんに帰ってきてもらえばいいじゃない、と再び文句を言うと、あんたはうるさいのよ、と眉を歪ませて母親は一蹴した。せめてセリカも呼んでよ、と提案すると、あの子はこの時期も講習で忙しいの、とのことだった。要領のいい妹は、表面的に勉強が出来る。母親は妹に賭けている。妹を有名な進学塾に行かせて、いい私立の中学に入れようとしている。どこにそんな金があるのかは知らないが。一度だけその話を訊いた時に、いい中学なら、おじいちゃんがお金を出してくれるから、と答えたことがあった。父親は母親をあてにしているし、母親は自分の父親をあてにしている。

母親の接客の準備を手伝うセキコを横目に、妹が家を出て行く。それと入れ替わるように、母親の弟夫婦がやってきた。異様にトーンの高い、叔父の嫁の声が聞こえたので、すぐにわかった。ひゃあぁ、セリカちゃん大きくなってえぇ、と叔父の嫁が玄関で笑っている。出迎えてきて、と母親に指示されたので、玄関に出て、お久しぶりです、あがってください、と硬い声で促す。若作りに髪の毛を明るい茶色に染めた叔父は、おう久しぶり、とズボンのポケットに手を入れたまま靴を脱ぎ、こんにちはぁ、と叔父の嫁はにこにことセキコに笑いかけながら、複雑に紐が交差したサンダルを脱いでいた。セキコは、一人ひとりに大仰な会釈をする。あとで、あいつ愛想が悪いな、などと陰口を叩かれないように。

母親は、セキコと話す時とは別人のような声音で、叔父の嫁に挨拶していた。父親がいつも陣取っているリビングに弟夫婦を通し、力んで買ってきた茶菓子とほうじ茶を出す。わたしねぇ、ほうじ茶って、法事の時に出すからほうじ茶だと思ってたんだけど、火であぶることを「焙じる」っていうからほうじ茶なのねぇ、最近知った！　と叔父の嫁がセキコに笑いかける。セキコは、それは初耳です、と深くうなずく。叔父の嫁は、セキコがその場にいる限りは、母親には話し掛けようとしない。母親も、叔父の嫁には話し掛けない。お互い嫌い合っているのをわかって距離をとっているのだ。セキコは、二人の女の綱の引き合いの間に立たされているのだった。叔父は、そのことにはもちろん気がついているのだが、それで何をしようというわけでもない。

ソファにべったりと腰掛けて、だらしなく足を開き、煙草をふかしながら、親父世代の年金はおれ達が支えてるのに、ケチ臭くて困ったよ、いい投資の話なのに、などと好き勝手なことを口にしている。

気が遠くなってくる。特に誰が誰の話に応えるということもない。叔父の嫁は、何か一所懸命な様子で、セキコに話しかけてくるが、暑いよねえ、とか、宿題やってる？ とか、一言で返答が済むようなフラットな話題ばかりなので、なかなか話が続かない。

あの人うつだったのよ、と母親が嘲るように叔父の嫁について言っていたことを思い出す。ＯＬをしてたんだけど、それでまともに働けなくなったの、で、親の呑み屋の手伝いをしてる時に弟に拾われたの。「親の呑み屋」という言葉を、心底蔑むような意地悪そうな口調で、母親は言った。セキコは、その時の母親の顔がたまらなくいやだったのを覚えている。叔父の嫁は、まるで母親のそんな顔を見たことがあるかのように避け、セキコへと話題を振る。セキコはセキコで、それがだんだんいたたまれなくなってくる。

ちょっとトイレ、と席を外して、部屋に戻り、衝動的に机の上に出ていた本や宿題の冊子をカバンに突っ込んで、そのまま家を出た。踊り場で太陽の光に襲われたので、カバンの中に入れるようにしていた帽子を被り、自転車置き場へと向かった。

　家を出て、どこへ行けばいいのか、という考えは全くなかった。ナガヨシは外出しているし、図書館は休館日だった。自分の考えのなさにくらくらしつつ、道の端に寄って財布の中身を確かめる。もう休みは半分以上まできたとはいえ、次に小遣いをもらえるのは九月の初めだから、やはり変に使ってしまうのは憚《はばか》られる。しかし適当な身の置き場も見つからない。家にも帰りたくない。

　単に居る場所を得るということが、こんなに難しいことだとは、と思う。世の中では、金のかかるものがたくさん宣伝されている。ぜいたくをもてはやす。けれど、いちばん高くつくのは、継続した身の置き所なのではないか、とセキコは、日差しに朦朧とする頭で考える。

　金を持っていない、金を稼いでいないということの無力感を覚える。自分は母親のことを、働かない夫を切るに切れず、崩れかけの家庭を家族愛という妄想で繫ぎとめている哀れな女だと馬鹿にしているけれども、それでも絶対的にあの人のほうが上なのだ、と思う。

歩道の真ん中で、気分が悪くなった。とにかくどこかに身を寄せなければならないと思った。かといって、周囲は古い住宅地で、コンビニの一つさえない。セキコは、ハンドルに頭を伏せて考え、そういえば、クレの家のある団地の、小さな公園スペースのようなところにベンチがあったということを思い出す。あれは確か木の下にあって、日陰になっているはずだ。あそこに行けば、一時間ぐらいは何とかなるかもしれない。それから、駅前に出て、どこか安い喫茶店に入る。店員の目はこのさい気にしない。

目的ができると、いくらかは足が動くようになった。日陰を選んで走り、クレの家がある団地の入り口に着く。団地はそれぞれ五階建てで、それなりに高さはあったので、日陰を選んで移動すると、それほど辛くはなかった。

団地の公園では、幼稚園に行くか行かないかぐらいの子供達が、ギャアギャア言いながら跳ね回っている。ベンチには、日傘を差した女の人たちが何人か座って、子供達に声をかけている。一目見て、座るのには気が引ける光景だったが、ホームレスがいるよりはましだ、と思いながら、ベンチへと向かう。脳天を電気のように駆け抜けていく、子供の高い声が心底苦しい。自転車から降りて、注意しながらベンチへと向かっているというのに、子供は自らセキコの自転車のタイヤに突っ込んでくる。馬鹿、と口の中で吐き捨てながら、セキコはゆっくりと自転車のブレーキを握る。気をつけてー、という母親達の暢気な声が聞こえる。

自転車を停めて、木陰の下のベンチに座る。ベンチは、三人ほどが掛けられるものが二つ並んでいて、片方に女が二人、もう片方には一人が座っていた。全員、妙に荷物が多い。セキコは、一人が座っているほうの端に腰掛け、頭を抱えた。樹がきつく匂い、子供達の声は、より高く鋭く、セキコの頭蓋を震わせる。お茶飲みます？ という声にはっと顔を上げるけれど、それは母親の一人が、別の母親にした提案だった。確かに、見ず知らずのセキコに、そんな施しがあるわけがない。

雨でも降らないだろうか、と空を見上げる。そしたらこの子供と母親達は家に帰るはずだ。ああでもホームレスが来るだけか、と溜め息をつく。そして積乱雲は遠くに浮かんでおり、雨が降る気配はない。

おおおい、と上の方から、誰かが誰かを呼ぶ声がする。男の声だった。なんだよやかましいなあ、と思いながら、声の主を探すと、五階の部屋のベランダから、太った男が手を振っていた。クレだった。手なんか振られてもなあ、と思いながら、セキコが会釈したり、軽く手を振り返したりしていると、ドーナツ揚げたんだ、食いに来いよ！　と、クレは叫んだ。

ドーナツ、という言葉に、舌から大量に唾液が湧くのを感じた。ベンチに座っている母親達が、ドーナツね、ドーナツ、と悪いことでも口にするようにひそひそと話し合うのが聞こえる。いや、彼とはそんなに親しい関係じゃないんだけども、と思いつつも、ドーナツ、という言葉に引き摺られるようにセキコは立ち上がり、のろのろと自転車を押して、クレの家のある棟へと移動する。

クレ相手に限って変なことは起こらないだろうけれど、でも万が一ややこしいことになったらいやだな、と思いながら階段を上がる。そしたらどうしたらいいのか。携帯の防犯ブザーで脅すか、すぐにナガヨシにでも電話できる状態にしておくか。それか、玄関にいるだけにしたらいいのか、ドアを閉めさせなければいいのか。

被害妄想じみたことを考えているのはわかっているけれど、そういうことを考えなければいけない自分の年齢が面倒だと思う。おそらく、完全に善意で声を掛けてくれているクレに対しても失礼な話だろう。

五階に上がると、クレはドアを開けてうきうきといった様子で待ち構えていた。

「ベーキングパウダーを使ったんだよ」

「はあ」

「だからお店とかのと同じような感じになってると思う」

セキコが突っ立っていると、入れ入れ、とクレは言ったが、いや、玄関で、とセキコが固辞すると、クレはそれ以上はしつこくせず、じゃあ持ってくるよ、と玄関の電気を点けて、奥へと入っていった。クレの姿が視界から消えると、前にフレンチトーストをくれた時のタッパーウエアを持ってくればよかったと思い出す。

外の暑さと比べると、クレの家は、空調のない玄関であっても、別世界のように涼しく居心地がよかった。クレと父親の二人暮らしという、男だけの所帯だと聞くのに、この家の玄関のにおいはどこかさわやかで、足元も片付いている。靴箱の上には、ペパーミントの消臭剤が置いてあった。うちの母親は女だけどこんなことしないな、と思う。

間もなく、クレはドーナツを山のように積んだ大きな皿を持って玄関に戻ってきた。ごとん、と大きな音を立てて、それを靴箱の上に置き、そうだ、お茶もいるな、といそいそとまた奥に引っ込む。そして、セキコが何か思う隙もない間に、グラスを手に戻ってきた。アールグレイにした、とクレは説明しながら、セキコに冷たいグラスを手渡す。そんなことを言われても、セキコにはなんのことだかわからない。たぶん紅茶の種類のことなのだろうけれど。グラスは薄い水色で、妙に趣味がよく見える。

座れ座れ、とクレに言われるままに、玄関の上がり口に腰掛ける。タッパーウエアを忘れた話をすると、そんなのはいいからいいから、とドーナツを置いた小皿を手渡され、熱いうちにどうぞ、とクレがにこにこ笑うので、粉砂糖のかかったドーナツをつまんで一口かじる。うまい、と思う。お店の、とクレが自負するほどではないかもしれないが、表面は油っぽくなく揚がっていて、生地はちゃんと膨らんでいるし、あっさりしていておいしかった。うまい、これは、うまい、とクレはご機嫌な様子でドーナツを頬張る。セキコは、ドーナツが山盛りに盛られた、黒いレース模様の縁取りのおしゃれな大皿を見下ろして、こんなことばっかりしてたら確かに太るわ、とクレ自身と見比べる。

シナモンいるかシナモン、とクレが手にした小瓶の中のものをセキコの小皿にふりかけようとするので、じゃあお願いします、と答える。うまいな、うまい、とクレは口癖になったように呟きながら、小瓶を振る。クレの言う通り、粉砂糖の上に茶色い粉をふりかけたドーナツは、ただ漫然と甘いだけの味付けのものよりもうまかった。

うちの母親より上手だな、と思う。セキコの母親は、セキコが小学生だった頃は、たまに気まぐれでホットケーキミックスのドーナツを揚げてくれたけれど、だいたい外側が真っ黒で中は生焼け、というものができあがってきて、セキコがあからさまに落胆すると、じゃあ食べなくていいから、と機嫌を損ねたものだった。母親がパートをたくさん入れるようになったここ数年は、もちろんお菓子など家で作るものではなくなっていた。

「ほんとにこれおいしい。よく作るの？」

セキコが訊くと、クレはうんうんとうなずいて、二個目のドーナツに取り掛かった。

「簡単だよ、ホットケーキミックスを混ぜて揚げるだけ。ベーキングパウダーをちょっと入れた」

「うちのとほとんど一緒だ。でもうちのお母さんはこんなにうまく作れないな」

すぐ焦がしちゃうんだよ、と説明すると、火加減かな、とクレは首を傾げながら、二個目の最後のかけらを口に押し込んで手についた砂糖を払った。

「おれ最近料理がうまくなってさ、自分で作れるっていいよ。安くて好きなだけ食べられるもん」

クレは、自分のぶんの紅茶をごくごくと飲み、はーうめ、と上を見上げて溜め息をついた。セキコは、そんなクレを眺めながら、本当に幸せそうだと思う。同時に、こういう幸せそうな感じもあるのか、と気がつく。クレは確かに、学校に行っていた時よりは太っているが、それはそれで満足している証拠のようにも見える。

「飯田はさ、タッパーウエアを返しにきたんでもないんなら、なんであんなとこにいたの？　ていうかおれにまたなんかお使いでもあるの？」

一息ついたクレから、当然といえる質問をぶつけられると、セキコは苦笑いして、いや、まあ、家に居にくくて、いろいろうろうろしてて、休んでた、と細かいことは伏せて正直に言う。クレの前では、虚勢を張っても仕方がないような気がした。クレ自身が、ほとんど自分を偽っていない感じがするからだった。

「家に居にくいのはなあ、それは困るなあ。おれはずっと家に居るから」

クレは、むっちりした腕を組んで天井を見上げる。セキコは、いやまあ、そんなに深刻な事情じゃないんだけどね、お客さんが来てて、その人たちが苦手だから、と事情を話す。

「じゃあ、べつに今日だけか。元気は元気なんだ？」

「まあね、元気は元気」

「ナガヨシは元気？」

「ナガヨシも元気」

げんき？　というのがクレの口癖なのだろうと思う。塾にも学校にも出てこないから、具体的な質問をすることができないのだろう。たとえクレが、ほかのことも細かく訊けたとしても、セキコが用意できる答えは大抵冴えないものだから、げんき？程度がいちばん楽な問いではあったけれど。

「クレは元気そうだね」

セキコが言うと、クレはうーんとうなって、おれはなあ、家で好き勝手にやってらくしてるから、とすまなそうに言う。

「もう学校来ないの？」

努めて、軽い調子で口にしてみると、クレは、そうだなあ、と眉を下げて困ったように笑った。元気ならおいでよ、と自分が不登校だったら言われたいことを想像して言ってみる。クレは再び、そーだなあー、と間延びした口調で言って、新しいドーナツに取り掛かった。

迷っているのか、とセキコは自分なりに考えてみる。一見、情緒が安定しているように見えるクレには、だからこそ何がしかの難しい理由があって、学校や塾に来ないのだろうと思う。クレの学校生活は、超充実している、とはきっと言い難かっただろうけれど、そうでない状態と折り合いをつけられる程度には、クレの在り方は成熟しているように思えるだけに不可解だった。

「なんかなあ、おれもわかんなくなっちゃって」クレは、食べかけのドーナツを自分の小皿の上に戻して、首を傾げた。「周りの奴のさあ、なんか、ずーっと文句言ってる感じがいやんなってさあ。もうほんとにずーっと。ネットに書き込んだりとかさ。おまえもやれよって言われたりすることもある。そういうの断ったりするのが、もうめんどくさくなって。でも一回グループになっちゃうと、学年変わるまで同じだし。しんどいよな、あれ」

飯田も思わないか？　ともそもそと言いにくそうに訊かれたので、まあ、そう思う、とセキコは首を縦に振る。

ていうか、やせたんだよな、おれ、とクレは、自分で深く納得している様子でうなずく。セキコは記憶をたどってみる。たしかに、六月ぐらいの、不登校になり、塾にも来なくなる直前ぐらいのクレは、すこしほっそりしていたような印象がある。といっても、もともとクレは太っているので、普通の体型になったな、という程度のものだったのだが、それ以前と比較してみると、やせてはいたのである。

「なんか、何食べても、そんなにうまいなあと思わなくなってさ」クレは、当時のことを思い出すように、憂鬱な曇った目をして、天井を見上げる。「飯がうまくないのはよくないよ。うちを出ていく前に、母親がやたら言ってた。でも本人はどんどん飯を炊くのがうまくなくなっていってってね」

うちを出ていく前に、という言葉を聞くと、セキコは胃がずくっと痛んだのだが、クレはどちらかというと、飯を炊くのがうまくなくなっていった、ということに比重を置くように、悲しそうに言った。

「ごはんがべちゃべちゃでもかまわなくなるんだよ。というかべちゃべちゃなら母親自身はもう食べないし、でもそれを家族には出すし。おれもそうなったんだよ。学校で食う弁当作りながらさ、でもどうせこんなのに手えかけて学校で食ってもそんなにうまいと感じないんだもんな、って思った。それでおれは、もうほんとに学校やなんだなって、ぱっと思ったんだよ」

　クレの話は、クレ自身の切迫していなさ加減もあり、わかるようなわからないような感触だったが、ドーナツを食べていた時のクレの幸せそうな様子を考えると、ごはんがまずくなった、ということがいかにクレにとって重要な変化だったのかについては、理解できるような気がした。

「それで学校行かなくなったら、おまえ塾には行ってるらしいな、どういうことなんだ、ってグループの奴からやたら訊かれるようになって。とにかく、どういうことなんだ、なんだよ。そんなこと言われたってさ。塾には、学校で同じグループのやつは一人もいないんだけども、他の学校で塾が同じ奴から、おれが塾に来てたかどうか聞き出してたみたいでさ。それで、だったらもう塾にも行かなきゃいいんだろ行かなきゃ、ってなって、これだよ」

　これだよ、と言っているクレの声は、鼻に抜けるようで、緊張感というものがほとんどなかった。いや、意地張ってるとかじゃないんだよ、とにかく、ほんとに学校やなんだ、ごはんがまずくなるから、と溜め息をついて、クレはまた新しいドーナツを手に取る。

「どういうことなんだ、ってことしか言われないっていうのも、あったのかもしれないなあ」クレはうつむいてドーナツをかじりながら、また溜め息をつく。そこそこ大きく作ってあるふかふかのドーナツが、クレの手の中で小さく見えて、その様子が余計に寂しく見えた。「おれはただごねてるだけなのかなあ。こんなことじゃまともな大人になれないと思う？」

突然セキコに質問をしてきたので焦り、まともな大人になりたいの？　などと訊き返すと、そりゃなりたいさ、とクレはしゃくれ気味の顎を突き出す。

「高校にも行きたいよ。行かないと父親が悲しむし。母親が家の食器全部割って出ったから、おれがまともな人生を生きられないとか、そういうふうには父親には思わせたくないんだよ。おれもそんなこと思いたくないし。でも、家にずっといるとそういうのが遠のいていく気もする。好きなことばっかりできるし、辛くはないんだけどな」

おれ、トーイックで七八〇点とったんだ、とクレは自慢げに言う。トーイックって何？　と訊くと、英語のテストだよ、大人も受ける、とクレは答える。

「でも宿題、英語以外はほんとわかんなかった」クレは、食べかけのドーナツを自分の小皿に戻し、眉を寄せる。「やんないと、強制的に退塾なんだよな。いやわかってるんだ、それでおれなんかは当たり前だってわかってるんだけども、辛いなあ、と思う」

「社会とかでもわかんないの？　該当してる箇所調べたらすぐじゃない」

セキコが言うと、それはそうだけど、その調べものの気力がないこともあるよ、目が滑るっていうか、とクレは首を振る。なんで？　簡単じゃない、とセキコがなおも言うと、簡単ってわけじゃないだろう、とクレは肩をすくめる。

「難しいよ、歴史とか、つじつまがあわなくなって、すぐに頭が混乱する。なんだろ、テキストに赤線引きすぎなのかな。要点がわからなくなってきてさ。問題数も異様に多くないか？」

地図とかも読めない、すごく時間がかかる、とクレはぼやく。

セキコは、少しさめてきたドーナツの残りを口の中に押し込んで、カバンを引き寄せて中を覗く。中には、ほとんど白紙の国数理英の宿題の冊子と、完了済みの社会の宿題が入っている。目線をカバンの中に置いたまま、新しいドーナツを小皿に取ると、クレが無言で小瓶の中のシナモンをかけてくれる。

「あのさあ、社会なら全部できてるのがあるんだけど」

なんとなく、クレの顔が見られないので、どんな表情をしているのかはわからなかったが、シナモンの小瓶を振る手が止まっていた。

「一日でよかったら貸すよ。明日また取りに来るからさ」

社会の冊子を取り出してクレの方に向けると、クレは、息を止めるように口をつぐんだあと、ごしごしと両手をハーフパンツの腿の部分にこすり付け、慎重に、薬指と親指でセキコの冊子をつまんで手に取った。

残りのドーナツ食っててくれ、という言葉を残して、クレは玄関近くの洗面所に入って手を洗い、タオルでごしごし手を拭きながら奥に引っ込んだ。かすかに鳴っている、つけっぱなしのテレビの音に重なって、しゃー、しゃー、という何かの機械を動かす音が聞こえてくる。セキコは、正直もう飽きていたが、晩ご飯もこれで済ませてしまうつもりで、ドーナツを食べ続けた。冷めかけていても、しみじみとうまかった。

昼のワイドショーと思しきテレビ番組が、セキコの耳に入る限りでは二回目のＣＭに入った頃合に、クレは戻ってきた。

「どうもありがとう。すごく助かった」クレは、ぺこりと頭を下げて、両手でセキコの社会の冊子を持って、セキコに差し出す。そして、「袋に入れるからさ、ドーナツの残り全部持って帰ってくれていいよ」と、半透明の油紙に一つ一つドーナツを包んでいった。

蠟引きの茶色い袋に、紙に包んだドーナツをすべて入れ終わると、クレはまた洗面所で手を洗って、手を拭きながら戻ってくる。そして、ハーフパンツのポケットから、黒くて小さいプラスチック製の、長方形のものを出して、セキコに寄越した。

「これ、どうぞ。おれの英語のでよければ」クレは、眉根を寄せて、ばつが悪そうに肩をすくめながら、小さい声で続ける。「USBメモリだけど、使い方わかる？」

「ええと、パソコンとかに挿すやつ？」

「そうそう。あげるよ。なか見終わったら、データ消してほかのことに使ってもいいし」

セキコは、黒いメモリを少しの間見下ろした後、釈然としないままパンツのポケットにしまう。

「なんだろ、最後のほうにほんとに難しい問題があったから、先生にばれんのが心配だったらとばしたほうがいいかも」

そこまで聞いてやっと、クレは自分に英語の宿題のデータを渡してくれたのだということに気がつく。ひとところに集まって冊子を回し合う、という去年までの自分たちのアナログさを考えると、クレのやり方は妙にスマートで面食らってしまう。あるいは、家にずっと居るから、そういう知識が身に付くのか。だったら不登校もちょっと悪くない、とセキコは思う。

「わたしパソコンのことよくわかんないけど、ナガヨシがちょっと知ってると思うから、相談してみるよ」

「あーそうなのか、えーとどうしよ、やり方変えようか。冊子そのものを貸そうか？」

とたんにクレが焦り始めるので、いや、いいよいいよ、とセキコは手を振る。思いがけず、英語が片づきそうなうえに、これ以上クレの手を煩わせるのもどうかと思った。自分はただ、宿題を届けるお使いをして、今日も家に居づらくなってたまたまここに居るだけなのに。

そうかあ、うーん、わかんなかったら電話してよ、とクレは心配そうに言いながら、蠟引きの袋を二重にして、セキコの横に置く。もらいもんばっかりで申し訳ないね、とセキコが言うと、いやいやいや、おれも社会見せてもらったし、とクレはおばさんのように首と手を振ってセキコを制した。

奥の部屋から聞こえてくるテレビの音が、番組のエンディングテーマになっていた。思ったより長居をしてしまった。ドーナツの袋を持ってみると、ずっしりと重く、パンツのポケットの中のＵＳＢメモリは、存在を忘れてしまうほど小さく軽い。

「そろそろ帰るよ。ドーナツと宿題、ありがとう」

日差しもましになっている頃だろう、とセキコは思いながら、紅茶のグラスに入っていた氷を口に入れて、がりがりと噛み砕いた。あーいや、こっちこそ、呼びつけてごめんごめん、とクレはあやまりながら、セキコの横を通ってドアを開ける。むわっとした空気が入り込んでくるが、クレの家の玄関はそんなに冷えていなかったせいか、それほど違和感はない。

塾にはおいでよ、先生心配してたよ、と言い残して、それじゃ、とセキコはクレの家を出て行った。顔は見なかったので、クレの反応はよくわからなかった。踊り場から見渡せる地上の様子に公園を探すと、ホームレスと思しき男が数人、日陰のベンチに座っているのが見える。クレが見つけてくれて運が良かった、とセキコは思う。

西日に眉間をやられながら、ゆるい坂道をくだる。傍若無人な太陽の光に、疑問を覚える。この光と付き合っていくことが、地球で生きていくことの条件なのだろうかと思う。それにしてもすさまじい。いったい誰が、このぐらいの光とならやっていけるとふんだのだろう。わたしが最初の人類なら、ああもう無理だと思って地底で暮らすことにしたりすると思う。

太陽も人間も、どちらもずうずうしい。交差点で頭を押さえながら、ひたすら仕方のないことを考える。人間は太陽の下で生き、夏は暑い、という当たり前の前提が苦しい。そういうものは他にもある、と考えながら、でも具体的には思いつかない。たぶん、たくさんありすぎるからだろう。人間はすごく無理をして生きている。

家に帰り着いて顔を洗っていると、セキコあんた、話があるから部屋に入る前にすぐにこっちに来なさいよ、と後ろから母親が言った。話ってなんだ、と思う。親戚が来てるのに勝手にどっかに行ったからか。でも、なんでわたしが残らないといけなかったんだ？　あんたの旦那に居てもらえばいいじゃないか。

いらいらと考えながら、「こっち」と言われたダイニングのドアを開けると、母親だけではなく、父親も煙草を吸いながらこちらを向いて座っている。あいつも説教する気なのかよ、と肩が抜けるほど脱力する。脳みそが腐りそうだと思う。

ここに座って、と母親が、前の席を指差したが、セキコは出入り口に立ち尽くしたまま、もう面倒だから消えてなくなりたいと思っていた。何の話かはわかってるよな、と父親が言う。吐き気がこみ上げてくる。

「あんたが居たらよかったんだろう。友達のところに仕事の相談てなんだよ。人に使われるのいやだって辞めたことあるくせに」

「セキコあんた何を」

「なんであたしがこいつの代わりをしなきゃいけないのよ」

「代わりなんて言ってないでしょ。ただ一緒にその場に居てほしかっただけなのに」

「こいつには居てほしくないのにあたしには居てほしいの？　それって何なの？」

母親は口をつぐむ。咳払いをして、父親はわざとらしく落ち着き払って煙を吐き出し、煙草を灰皿に押し付ける。口ばっかり達者になりやがって、と憎々しげに呟く。

「とにかく、そっちにはあたしに文句言う資格はないんだからね」

セキコは、父親に向かって顎を突き出して、ドアノブに手をかける。

「あと、セックスは子供に隠れてやれよ。気持ち悪いんだよ」

言ってやった、と思おうとするが、そんな爽快感はかけらもなかった。反対に、今まで見て見ぬふりをしてなんとかごまかしてきたことをぶちまけてしまい、これからいったいどうするんだ、という不安の方へと押しやられる。鳩尾《みぞおち》の辺りが、異常にひんやりとしている。部屋に戻ると、勉強机に座っていた妹が、セキコを一瞥して、肩をすくめた。その仕草があまりにも苛立たしかったので、セキコは妹の座っている椅子の背もたれを足の裏で蹴飛ばして、自分の机にクレからもらったドーナツの袋を放り出し、窓を開ける。

何すんのよ！　窓閉めてよ！　虫入ってくるでしょ！　と妹が怒鳴る。セキコは相手にせずに、ドーナツの袋を開けながら、太陽の位置がさきほどよりずいぶん低くなっているのを眺める。

いらなくなった学校のプリントを折りたたんで、机の上に置き、その上にドーナツをのせて油を吸い取っていると、妹の物欲しげな視線を感じた。母親と揉めたために夕食抜きが確定しているセキコは、それには気付いていないふりをした。

＊

別にいつからでもおいでよ、と言われたので、その日は午前中からナガヨシの家に行くことにした。起き出して顔を洗っていると、話し合いたいんだけど、今日の夜時間ある？　とパートに出る前の母親が話しかけてきたが、水の音で聞こえないふりをして無視した。もちろん、そんな話し合いには応じないつもりだった。どうせ父親も同席で、家族じゃないのとかなんとか、どうでもいい精神論をまくし立てられるに決まっている。

昨日あんなこっぱずかしいことを言われておいて、よく話しかけてくるものだと、顔を拭きながら思う。しかし、あんなことを言われてもなんとも思わない人だから、働かない夫と子供にわかる所でセックスができるのか、と思い直し、なるほどと膝を打った。ナガヨシの家に向かいながら、そうか、あんなことが平気な人だから、あの父親とも一緒に居られるんだ、そうかそうか、と母親に関する謎がどんどん解けていくような気がして、少しだけ頭の中の霧が晴れたような気がした。考えてみると単純なことだ。何を自分は悩んでいたのか。

セキコを妊娠した時、母親は大学四年生だったという。母親はときどき、セキコが子宮の中にいる状態でキャンパスを歩き回っていた苦労を、武勇伝のように語る。大学を出てすぐに家庭に入ることになった母親は、その当時の幸せな専業主婦生活を未だに忘れられないらしい。家は夫の父親に買ってもらったし、何の不自由もなかったという。父親の父親、つまりセキコの祖父が、設計事務所を営んでいて、そこそこ金持ちだったということは、セキコもなんとなく知っている。父親は大学卒業後、修業のために数年間、いろいろな実家の取引先の会社などを転々としている時に母親と出会い、その後家業を継いだのだが、九年で廃業した。不況で取引先がどんどん潰れていったから仕事がなくなって、というような説明を子供にはしていたが、セキコは単に見通しが甘かったんだろうと考えている。「九は『苦』に通じるからな。それで事務所は潰れたんだ。運が悪かった」とまじめに父親が言っていたこともある。当時は、そういうものなのか、と納得したが、今考えると脳みそが腐りそうな大馬鹿具合だと思う。その後、住んでいた一戸建は処分して、代わりに今の住居である公団マンションを分譲で買った。

自分はそんな男の精子だったのか、と思い至ると、ハンドルを握る力が抜けて気絶しそうになる。そんな精子だった自分が悪いのか。自転車を停車して、タオルで汗を拭う。あんな両親だとわかっていたら、わたしだって生まれてこなかった。どうして精子は、着床する子宮を選べないのか、そもそも、湧き出る陰嚢を選べないのか。生まれられたらそれでいいのか？　着床できたらそれでいいのか？　その後の災難はどうでもいいのか？　浅ましい。本能なんて。

　何にというわけではなく罵りながら、再びペダルを踏みつつ、空しさに心の表皮が晒されて乾いてゆくのを感じる。子供が親を選ぶことができたら、と思う。地上のあらゆる権利が満たされる日が来ても、そのことだけは変えられない。是正されることもない。

　オランウータンやペンギンの子供に生まれたかった、と思う。彼らの父親も言うのだろうか、九は「苦」に通じるから、などと。そのことをナガヨシに話すと、ディスカスとかもいいんじゃない、お父さんが子供を体にまとわりつかせて泳いでるじゃない、というあくびまじりの提案が返ってきた。

「タツノオトシゴは、父親がおなかで子育てするらしいよ」

　ナガヨシは、セキコがクレから預かったＵＳＢメモリを片手でもてあそびながら、一階へと階段を降りていく。

　それをパソコンに挿せばなんとかなるということは、セキコにもわかっていたのだが、自宅のパソコンは父親が独占しており、貸してと頼むのもいやだったので、ナガヨシの家のパソコンを借りて中身を見ることにしたのだった。セキコが父親と折り合いが悪いことをよく知っているナガヨシは、じゃあうちので中身を見よう、と承諾した。

ナガヨシの家には、父親とナガヨシ用にノートパソコンが一台、母親用にデスクトップが一台と、合計二台のパソコンがある。父親は今出張中で、ノートの方は持って出ているとナガヨシの口から聞いた時は、いやな予感がしたのだが、お母さんのがあるし、と、ナガヨシは楽天的だった。

これをパソコンで読ませてくれ、とナガヨシがUSBメモリを見せると、え、わかんない、お父さんに訊いて、とインターネットで買い物中だったナガヨシの母親は、首を傾げた。セキコは、パソコンの裏か前かに長方形の穴があるんで、そこに挿せばいいと思いますよ、と言いながら、ナガヨシと二人でパソコンのいろいろな差し込み口を探したのだが、メモリを挿せそうな四つの穴はすべてふさがっていた。ナガヨシの母親によると、一つはマウス、一つはプリンタ、一つはスキャナ、一つはミニ扇風機につながっているらしい。すべて、ナガヨシの父親が接続してくれたのだそうだ。

「どうしよう、このうちのどれか一つ抜かせてもらっていい？」

「嫌よ、わかんないもの。何かあったら困るもの」

「でも、扇風機とかいらないでしょ。この部屋クーラーがんがんにかかってるし」

「ときどき使ってるわよ扇風機」

「使ってるの見たことないけど」

「使ってるわよ。必要なのよ」

ナガヨシとその母親のやりとりを聞きながら、ああもうだめだろうな、とセキコは首を振る。ナガヨシは根気強く、じゃあ、お父さんに聞いてみるから、それでどれを抜いていいかわかったら使わせてね、と念を押して、リビングの家の電話から父親の携帯に電話をかける。ナガヨシの母親は、ややこしいことは嫌、と子供のようにむくれている。

取り込み中なのか、留守番電話につながったとのことで、ナガヨシは、まあとりあえずメールで訊くから、二階へ戻ろう、と半分諦めたように提案して、セキコとナガヨシはリビングを後にした。背後から、あのねえ、マカロンがあるんだけどー、というナガヨシの母親の声が聞こえたが、ナガヨシは全く意に介さず、階段を上がっていった。

やはり返事はなかなか来なかったので、セキコは先に、自分がやった社会の宿題のことをナガヨシに切り出すことにした。全部やったよ、と言うと、そりゃすごい、クレ君もだけど、と目を丸くした。

「写す？」

「えーいいの？　やったー」

一応提案すると、ナガヨシは、子供が喜ぶように目をぎゅっとつむって、頭の上で両手を上下させる。セキコはそのゆるい仕草に、要領がいいのとも、憎めないというのとも違う、ある種の一周回った素直さのようなものを感じる。あの母親と似ているような気もするし、まったくそうでないようでもある。

「あーじゃあさ、こっちは国語やるよ」

ナガヨシは、勉強机の上から国語の冊子を持ってきて、卓袱台の上に置く。まだ全然やってないけど、二時間あったらできると思う、とナガヨシはまったくなんてことなさそうに言う。なんでできると思うの？　とセキコが訊くと、文章読解の問題が多いから、とナガヨシは肩をすくめる。文章読解問題は、どうしても文章の量そのもので一ページは食うので、冊子が分厚そうに見えても実はそうでもないことが多いのだとナガヨシは説明した。

「お父さんからの返事待つ間さあ、ちょっとこれやるから、セキコはゲームしてていいよ。寝ててもいいし」

ナガヨシは事も無げに言いながら、冊子を開いてシャープペンシルを手に取り、そのまま問題を読み始めた。セキコはやや面食らったが、せっかくナガヨシがやる気になるという珍しい状況なので、その言葉に甘えて仮眠をとることにした。最近よく眠れていなかったのだった。眠る場所である家で、ろくでもないことが起こり続けているからだろう。おとといは親の粗相で眠れず、昨日は怒りのあまり眠れなかった。朝は朝で、妹が、前の日に椅子を蹴られた復讐なのか、出かけるために部屋から出る際に、セキコの頭から枕を引っこ抜いていったので、マットレスに頭をぶつけた。それでたんこぶができるといったようなことはもちろんなかったが、脳みそが頭蓋骨の内側にぶつかったような気がした。妹への怒りで起き上がるよりは、眠気のほうが勝っていたのだが、頭の中が痛くなったせいで、それからはよく眠ることもできなかった。

なんなんだあの家、とセキコはナガヨシの部屋の床に寝そべって、うつらうつらと考えていた。しかし脳裏に、ナガヨシの母親の、顔の皮膚の下に骨が詰まっていないかのような笑い顔を思い浮かべると、ナガヨシのとこはナガヨシのとこで変だと思う。

どこもおかしいのかも、と考えながら、セキコは眠り込んでしまった。ナガヨシは身じろぎもせず、左手で頬杖をついた体勢で、ただ右手だけを動かしていた。

ナガヨシに起こされる頃合には、部屋には西日が射し込んでいた。お父さんから返事があった、とナガヨシは言う。基本的には、マウス以外のどれを外しても大丈夫だけれども、お母さんが取り乱すと思うので、自分が帰ってくるまで待ちなさい、とのことだった。

「安いパソコンなら勝手に買っててもいいから、って言われたけど、それはそれでややこしいだろうし、もったいないよねえ」

ナガヨシは、肩をすくめて続けた。やっぱり、申し訳ないけど、英語の冊子じたいを貸してもらえばいいと思うんだよ、その代わりに、あたしの国語の答えもつけるからってさ、とナガヨシは如才ない様子で国語の冊子の表紙を叩いた。できたの？　と訊くと、巻末の漢字の書き取り以外はね、とナガヨシは答える。

「問題そのものよりそっちのほうがうっとうしいんじゃない？」ナガヨシは、国語の冊子を開いて、セキコに見せながら説明する。「ほら、六ページもある。これは手間だね。あと、真ん中ぐらいに、ひたすら文法の活用を書き込む欄もあったし」

「問題よりも練習が多いのか」

「そうだね。まあ、そういうのはやってない。それ以外の問題はできた。けっこうおもしろかったなあ」

冊子を手にとってめくると、確かに、単純な練習や書き取り以外の問題はすべて埋まっている。妙に弱い筆圧で、それだけで判断するのもなんだが、ほとんど苦労のあとが見られなかった。疲れた、疲れた、と言いながら、ナガヨシは伸びをしたりしているが、ただなんとなく言っているだけにも見えたので、セキコは改めて、この中学に入ってからずっと付き合っている友達が、いつもはいったい何割の力で生きているのだろうと不思議に思った。

よーし、シューアイスを買いに行くぞー、とナガヨシが立ち上がったので、セキコが、シューアイス？　と訊き返すと、あれだよ、大和田君をつけてたときに行ったケーキ屋のやつね、とナガヨシは答えた。

「あんたまだ尾行してんの？　怒られたのにさ」

「してないよそんなの。あそこが安いから買いに行ってるだけだよ」

お母さんが気に入ったから、お金出してもらえるようになったしね、とナガヨシは肩をすくめる。うそつきはたくさんいるけれど、ナガヨシは、嘘をつく手合いではないので、きっと本当なのだろう。

べつにここで待っててくれたら勝手に買ってくるよ、とのことだったが、さすがについていくことにする。

自転車に乗って、ナガヨシと連なって出かける頃合いには、前に大和田を尾行した時と同じぐらいの時間になっていた。あの商店街が気に入った、とナガヨシは言う。セキコは、そうだね、とだけ答える。具体的にどこがいいのかよりは、どこが変だったか、どの店が売れてなさそうかということのほうがたくさん出てきそうな気がしたが、わざわざあの場所までシューアイスを買いに行くナガヨシの気持ちは、少しわかるような気がした。

夏は夕方に出かけるに限るねえ、とナガヨシは信号待ちで、ハンドルで腕を突っ張らせながら笑った。セキコは、まあそうだね、とうなずきながら、ナガヨシが大和田の尾行に出かけていたのは、ただなにか、夕方に出かける理由が欲しかったからなのではないかとぼんやり考えた。

商店街は、時間が止まってしまったように数日前に来た時と同じだった。行き交う人々の様子さえ、ただ以前と同じものを貼り付けられているだけのような気がする。自分を持て余した顔つきでふらふら歩いているぶよぶよしたおっさんを避け、手押し車に寄りかかってやっと動いている鶏がらのような老婆の傍らを走り抜ける時は、スピードを落とす。生気がなく、精彩も欠く通りをぼんやりと走りながら、でも、そうじゃない場所なんて本当に限られている、とセキコは思う。大抵の人間は、空気の停滞したような場所で生きることになっているんじゃないか、とも思う。ナガヨシの母親が、さかんに百貨店に買い物だテレビで見た店でランチだ、と出かけてゆくのも、そういう停滞に耐えられないからではないのか。

前を走っているナガヨシは、ケーキ屋の古めかしい店先に、いそいそと自転車を停める。ナガヨシが以前引っ掛かったように、「スコーン50円」という貼り紙が目に入ってくる。安いけど、スコーンなんてぼそぼそしておいしくなくない？ とナガヨシに言うと、クロテッドクリームとジャムをつけて食べるんだよ、とナガヨシは、スコーンそのものというよりは、自分がそのことを知っている背景に対してという様子で肩をすくめる。英国物産展の季節になると、ナガヨシの母親は必ず通い詰めて、毎日のようにスコーンとそのなんとかクリームを買って帰ってくるのだそうだ。果てしない行列に並んで。

　店に入ると、ナガヨシはまっすぐに、隅に設置してあるアイスクリームのケースに向かって歩いてゆく。セキコは、通りの側の棚で売られている、プラスチックの容器に入った昔ながらの絞りクッキーを吟味しながら、ナガヨシの、あ、この味知らない！　といった驚きの声を聞く。

　レーズンが入っているクッキーを眺めながら、歯についいて大変そうだ、などと考えていると、店の前に自転車が停まったのが見えた。乗り手は見覚えのある眼鏡をかけた顔で、つまり、大和田だった。大和田は、中にいるセキコとナガヨシに気付かない様子で、ずんずん店に入ってくる。

「大和田君」

　一瞬の間いろいろ考えた結果、セキコは、筋は通したほうがいい、ということで声を掛ける。大和田は、不可解なほど驚いて飛びのき、なんだ、飯田か、と不満げに、しかし安心したようにセキコの顔を見た。ナガヨシも、アイスクリームのケースを閉めて、ああ、ああ、などとあいまいにうなずきながらやってくる。

「なんでここに？」

大和田は、自分の店でもないのに、迷惑そうに目を眇《すが》めて、セキコとナガヨシを見遣る。ナガヨシは、シューアイス買いに来てんの、や、おいしいから、と、「安い」と言いかけたのをごまかした。おそらく、奥にいる店主に気をつかったのだろう。実際、おいしいのはおいしかったが、それゆえに安さがありがたいので、「安い」の印象が先に来るのも理解できる。

「それよりもさ大和田君、これなんだけど」ナガヨシが、USBメモリをポケットからごそごそと出したことに、いつのまに、と目を見張る。机に置きっぱなしにしていたものを持ってきたのか。「中見たいんだけど、どうしたらいいのかわからなくてさ。大和田君はこういうの詳しい？」

大和田は、何も答えずに、USBメモリとナガヨシを見比べている。自分が迷惑を被《こうむ》った相手が、まさかの頼みごとをしてくるのが意外なのだろうと思う。セキコも、よもや大和田に質問するとは思っていなかった。

「それ、宿題のデータが入ってるんだ。英語のやつ」セキコが加勢すると、大和田は口を開けて、少し首を引く。反応すべきかどうか迷っているように見える。「全部の問題の答えなんだよね」

　ある人からもらったんだけど、と「誰か」は咄嗟に伏せることにする。大和田からの信用は得られないかもしれないが、この場にいないクレを不正に巻き込むのもどうかと思った。

　あーでもやっぱり、ここのシューアイスを持ってクレんちに行って冊子直接貸してくれって言えばよかったのか、とセキコは腕を組んで苦笑いする。そのほうがクリーンな解決策に思えるのだが、ナガヨシが大和田を巻き込んでしまった以上、この場を打開しないことには仕方がない。

「ＰＣなら今持ってる」大和田は、暗い声音で言いながら、ナガヨシの手の中のＵＳＢメモリを見つめる。「読めると思うよ。ただし」

「ただし？」

「なんでもない。早く買い物しろよ」

　ナガヨシはうんうんとうなずいて、シューアイスを籠に入れて、すみません！　と店の奥に向かって声を掛ける。前に応対した、白い服を着た店主らしき男が出てくる。

ナガヨシは代金を払いながら、あの、これ、後で取りにきますんで、預っておいてもらえますか？　と頼んでいる。なんでも人に頼める女だなあ、とセキコは少し感心しながら、大和田は何を買いに店に入ってきたのかを見張る。大和田は、ケーキのケースの中に入っている五個入りのマカロンを指差して、これと、保冷剤ください、と言っていた。そういえば前にも、大和田がケーキ屋でなにか買っていたことを思い出したセキコは、甘いものすきなの？　となんとなく尋ねたが、大和田はこちらを見ずにただ首を振るだけだった。家族か誰かへのお土産なのだろうか、とセキコは勝手に思う。

店を出ると、大和田は無言で公園の方面に向かって、ゆっくりと自転車を走らせ始めた。ついていけばいいのか、それとも結局助けてくれないのだろうか、とセキコが迷っているうちに、ナガヨシもそれについていく。やりにくいなあ、と思いながら、セキコもその後を追うことにする。

アーケードのかかった狭い路地の両側には、前と同じように老婆がいる。もう目もよう見えんくて！　と前歯の金属をぎらりと光らせながら、片方の老婆は何かうれしそうに言う。もう片方の老婆は、それを受けて、足が動かんね！　毎日階段降りるたびに、折れそうだと思うね！　と対抗するように言う。

老婆の話を聞こうと速度を緩めていると、前の二人からは少し遅れてしまう。やはり通りは埃っぽくて、セキコは何度か咳をする。以前、家で咳き込んでいたときに、セキコだけに咳か！　と父親が笑ったことを思い出して、発作的に自転車を電柱にぶつけたくなる。セキコという名前は「世規子」と書く。おまえは娘に変わった名前をつけたものだと友人に言われる、と父親は自慢する。セキコは、その話を聞くたびに、父親を殴って家から出て行きたくなる。あんたは自分が変わってると言われたいがために娘に変な名前をつける人間なんだな。

大和田の自転車は、公園の手前で停まる。生け垣に沿って自転車を停め、まるで後ろをついてくるセキコやナガヨシなどには気付いていないかのように、大和田はまっすぐいつも座っているベンチに向かう。ベンチに座ると、膝の上にリュックを置いて、中から小さいノートパソコンを出し、一瞬、あ、という顔をする。どうしたの？　と訊くと、大和田は首を振って、バッテリーが切れかかってる、早くメモリを寄越してくれよ、と顔を上げる。西日にメガネのレンズが反射する。ああ、ああ、とナガヨシがポケットからＵＳＢメモリを出してパソコンの上に置くと、大和田は、パソコンの側面にあるひらべったい四角の穴に挿し込む。メモリの中身が画面に示されると、大和田は首を捻って、データでかいなあ、何も設定いじらずにスキャンしてるな、などとぶつぶつ言う。

「これが最初のデータなのかな」

といちばん上に示されたファイルをクリックすると、宿題の冊子のページの画像が画面に映り、セキコとナガヨシは、おお、と感動するのだが、同時に、バッテリー残量が少なくなっています、という表示も出てくる。大和田は、早くしないと、と少しおろおろした様子で、立ったままのセキコにパソコンを預けて、リュックの中身を探り、メモ帳のようなものを取り出すのだが、いったいどんなふうに書けばいいのか迷うように、白紙のページを吟味している。おそらく、画面に映る答えを帳面に書き写したいところなのだが、パソコンのバッテリー切れに焦って、うまく頭が働いていないとでもいうところなのだろう。どんくさ、とセキコは思う。バッテリー残量が少なくなっている、という表示が出てくるたびに、ＯＫというボタンを押しながらなので、余計に物事が進まないようだ。そのうちに、画面が真っ暗になってしまう。

「読めるのは読めたんだけど、バッテリーが」

大和田は、ばつ悪そうにセキコからパソコンを受け取り、溜め息をついてばたんと閉じる。セキコとナガヨシは顔を見合わせ、どちらからともなく首を振る。

借りれないかなあ？　このメモリ、というわずかに虫のいい感じの大和田の申し出にセキコが迷っていると、まこと君！　と公園の入り口の方から女の人が呼ぶ声がした。大和田は、ベンチに座ったまま飛び上がり、はい、はい！　とよろめくような声で返事をした。

見覚えのある女の人だった。たしか、セキコが初めてここへ来た時に、公園の入り口の近くにある赤いテントの店から出てきて、携帯電話で誰かと話していた女の人だ。

久しぶりね、まこと君、こんなとこでどうしたの？　と女の人はお決まりの台詞をにこにこ笑いながら言った。セキコとナガヨシは、大和田と女の人で気兼ねなく話せるように、ベンチの後ろに回ったものの、大和田は、ああ、いや、いや、などと緊張しきった様子で首を振っている。正面から見ても、女の人はきれいに見える。ただ、あんまり羨ましくないきれいさだな、とセキコは失礼ながら考える。女の人は、とにかく包み込むようににこにこしているが、何か幸薄そうに見えるのだった。

「すみません、あの、コンセントって借りられますか？」ナガヨシは、慇懃にでも無礼にでもなく、ごく自然な口調で女の人に打診する。「大和田君のパソコンの中のデータを見せてもらってたんですけども、バッテリーがなくなっちゃって。コンセントあればいいんだよね？　大和田君」

ナガヨシが訊くと、大和田はうつむいて、小刻みに首を縦に振る。女の人は、少し迷うような素振りを見せて、ええと、ちょっときいてくるから待っててね、と言って赤いテントのかかった「山茶花」という名前の店のところまで戻ってゆく。大和田は、彼女が別の場所に行ってしまうと、すぐに顔を上げてその姿を目で追い始める。

どういう関係なの？　と好奇心に任せて口にしてしまいそうになるが、やめておく。大和田がここへ来ていた理由は、おそらくあの人だろう。あの人と大和田は知り合いで、お互いに悪感情は持っていないようだが、大和田はひどく遠慮している。女の人をぼんやりと見遣る大和田は、無意識なのか、ケーキ屋の紙袋を手繰り寄せている。

「開店する前までならいいって」

女の人はやはり、にこにこと笑いながら歩いてくる。やった、とナガヨシは小さく口にする。

「あの、いいんですか？」

大和田の時間遅れの質問に、だからいいって言ってるじゃないのよ、とセキコは口を挟みたくなる。女の人は、いいのよ、と大和田の道理がわかっていない感じに苛立ちもせずうなずいて、回れ右をする。女の人にだいぶ遅れてついていきながらも、いいのかな、いいのかな、と大和田は首を捻っている。セキコには、それが大和田の自分への言い訳のように見えて、いらいらはするけれども、わからないでもなかった。

「山茶花」のチョコレート色のドアを開け、中に入ると、黒い服を来た男の人が、カウンターで煙草を吸っていた。三人のうちで先頭を歩いていた大和田が、真後ろにいるナガヨシと気持ち並ぶように後退する。セキコはその動作に、大和田の男の人への負い目のようなものを感じる。セキコも、その人に自分たちがここにいることの許可を改めて取ってくれ、と願うけれども、女の人はかまわない様子で、奥のテーブル席を三人に勧める。男の人は、三人を一瞥だけして、特に何も言葉は添えず、煙草をふかし続ける。この男にも見覚えがあった。大和田に怒られた時に、店から出てきていた男だ。女の人よりはかなり若く見える。

誰に絡まれているというわけではないけれども、めんどうだ、とセキコは思う。早いとこ充電して出て行けよ、と大和田の方を見ると、リュックからプラグのついたコードを取り出してパソコンにつなぎながら、なにかもたもたしている。お水でいい？

と女の人に訊かれたので、セキコはうなずく。ナガヨシは、ありがとうございまーす、と何か弛緩した声で礼を言っていて、腹が据わってるよなあ、と思う。

大和田の大きな溜め息を聞きながら、ノートパソコンの画面を覗き込むと、クレの字で答えが書き込まれた問題集の画像が表示されている。すごいな、誰だろ、と大和田が独り言を言う。それはクレがやったんだよ、と自慢のようなことを言いそうになるけれども、すんでのところでやめる。

ナガヨシは、開店は何時なんですかー？　などと女の人に訊いている。女の人は、特にちゃんと決めてないけれども、あと三十分ぐらいしたらかな、などと答える。煙草を吸っていた男は、わざとらしい咳払いをして、スツールを蹴るようにしてカウンターから離れる。あまりに不機嫌そうな様子に、男以外の店にいる人間の動作が止まってしまう。特に大和田は息さえ止めて、男が奥に引っ込んでゆくのをじっと上目で窺っている。

怖いのだろうか、とセキコは思う。まあ自分も怖いけれども、と大和田のパソコンの画面を再び覗くと、先ほどから画面が変わっていなかったので、次のページは？　と確認を促す。大和田は、ああ、とか、うん、などと言いながら、次々とクレの問題集のページを表示させて、最後まであった、とうなずいた。写したら、それ、とセキコが言うと、大和田は、まずコピーさせてもらうよ、とメモリの中身を自分のパソコンに落とし込み始める。

　あの男の人は誰ですか？　とナガヨシが好奇心に任せて訊いているのが聞こえる。大和田は、おまえな、とナガヨシを止めようとするが、女の人は動じる様子もなく、従業員さんよ、とさらりと答えていた。ナガヨシは、いったい何を納得したのか、そうなんですかー、とうなずいていた。

「コピー終わった、飯田たちはどうすんの、答え、メモリ持ってても見れないんだろ？」

　そう訊かれると、とにかくクレの英語の宿題データを見ることができたということに満足していたセキコは、はっとする。あーじゃあ画面見せてくれたらメモ取るよ、と申し出ると、大和田は、わかった、とうなずいて、じゃあおれも手伝うから、右の画面半分はおれ、左の画面半分は飯田が写すといいと思う、とパソコンの画像ソフトの画面を二つ出して、左と右に均等に配置する。自分が手伝う、のではなく、ナガヨシとセキコに手分けをさせればいいのに、とセキコが言う間もなく、大和田は、メモ帳を出し、数枚を切り離して、シャープペンシルと共にセキコに渡し、クレの問題集の答えを写し始める。

「横幅が狭いから問題が全部見れないけど、答えだけでいいんだよな?」

「まあ、それはそう」

「じゃあ、答えを上半分と下半分で順番に画面に出していくから、写し終わったら言って」

行程を考案して、人に指示することには抵抗がない様子の大和田は、ほとんどセキコに不自由な思いをさせることなく、てきぱきと画面を切り替えていった。その間ナガヨシはというと、女の人と雑談をして笑っている。おまえな、と思わないでもないが、女の人の相手が、大和田にも自分にもつとまりそうにないことを考えると、自分とセキコを筆記者に選んだ大和田の判断はある程度正解であると言える。

チョコどうぞ、と女の人は、セキコと大和田の傍らに、銀色に輝くフィルムに包まれたチョコレートを置いた。うまいですね、うまいです、とナガヨシが大げさに感想を言うと、ベルギーチョコレートなの、と女の人はおっとりと笑った。

二人ともが、早くここから出て行きたい、という一心だったのか、チョコレートから力を得たのか、クレの答えを手書きのメモに写す作業は、それほど時間はかからなかった。終わった？　と訊かれ、終わった、と答えると、じゃあ終わり！　と大和田は、勢いよくパソコンを閉めて、さっと立ち上がった。女の人は、もうちょっといたらいいのに、と残念そうに首を傾げるが、大和田は、これ以上ご迷惑はかけられませんから、と変に大人びた感じを装って言う。セキコはその様子から、何か一世一代の台詞を吐いているような緊張を感じる。ナガヨシは、水全部飲むからちょっと待って、と後ろを向いてグラスをあおった。

「浄水のボトル使ってるの。ドイツのやつ。さっきの人が、それがおいしいからって」

女の人は笑いながら、肩を落として一息つくナガヨシを見守っている。大和田の口元のあたりが、微かに緊張していた。ナガヨシは、ああ、うちにもあるかも、とあの母親を知っていればもっともらしく聞こえることを言って、ありがとうございます、と一礼しながらグラスを女の人に返した。

まこと君、また来てよね、と女の人は、出入り口のところで、大和田にそう声を掛けていた。大和田は、いえいえ、と首を振りながら、ケーキ屋の紙袋を女の人に差し出していた。セキコは、その白い紙袋と女の人を見比べながら、大和田がこれまでこの近くの公園に来ていた理由は、お菓子をこの女の人に渡す機会を待っていたからではないか、と思った。あらあら、と紙袋を覗き込んだ女の人が、どうもありがとう、と大和田の腕に触れると、大和田は、後ろに飛びのくように女の人の手を振り払って、それじゃあ、と背を向け、自転車のところに小走りで去っていった。セキコとナガヨシは、どうもすみませんすみません、と大和田の行動をフォローするように、ひたすら平身低頭し、チョコおいしかったです、だとか、お水おいしかったです、だとか、ご親切にどうもありがとうございました、店ん中すごい涼しくて良かったです、と気付いたことすべてを誉めながら、女の人がドアを閉めるのを待った。

女二人が自転車に乗るのを確認すると、大和田は、あっちにコンビニがある、行こう、と、セキコにその提案を斟酌《しんしゃく》する間も与えず、すぐに走り出した。

商店街の側に戻り、そのままアーケードのある路地を突っ切り、大通りを横切って、少し広い道路に出ると、コンビニのマークが見えてくる。自転車を停めながら、入り口の自動ドアの傍らに貼ってあるアルバイト募集の貼り紙を見る。このコンビニは、十八時から二十二時までのシフトと、二十二時以降のシフトの人間が足りていないようで、各々に八五〇円、九〇〇円という時給がつけられている。時間数については応相談とのことだ。いっそ塾をやめてここで働こうか、とセキコは思う。しかし十八時からのシフトは高校生以上、二十二時からは十八歳以上、と中学生のセキコには門を閉ざしている。

いや、でも年をごまかせば、などと考えながら、中に入っていく大和田についていく。大和田はまっすぐにコピー機のところに向かい、おれは理科をやったから、コピーしろよ、英語のデータもらったし、と足元にリュックと買い物かごを置いて、コピー機のカバーを開ける。思わぬ僥倖に、うそ、とセキコが目を丸くすると、大和田は、うそついてどうすんだよ、とリュックの中から、先ほど「山茶花」でクレの問題集の答えを写したばらばらのメモ用紙と、理科の冊子を取り出し、理科のほうはセキコに渡した。

メモを整理するから、飯田は理科のを必要なだけやっといて、と大和田はポケットから五百円玉を出し、傍らの料金箱に投入する。こんな時にナガヨシは何をしているのだ、と店内を見回すと、コピー機に隣接する雑誌のコーナーで立ち読みをしていた。立ったままメモ用紙を前にやり後ろにやりしている大和田の隣で、何かナガヨシにさせることを考えてみるけれども、話し相手になってもらうぐらいしか思いつかなかったので、セキコは大和田から受け取った理科の冊子を開けて、最初のページからコピーをとってゆく。

音と光が終わったら、もう情報は読み取れてるから、カバーを開けて次のページをセットしていいんだ、と大和田はメモを整理しながら説明する。へえ、と言われた通りに早めにカバーを開けるようにすると、コピーをとる速度が少し速くなった。

大和田の言葉は、そのアドバイスで最後だった。なんとなく気まずい沈黙の中、セキコはひたすらコピーをとりつつ、大和田に何か言いたいことを探し、他の教科はやったの？　と社交辞令のように問う。ぴしゃぴしゃと、小さいながら騒々しい音をたててメモを整理している大和田は、ぜんぜんやってない、とはっきり言う。少し驚いたセキコは、ぜんぜんなんだ、と大和田を振り返る。大和田は、セキコが振り返ったことにびくっとして、やってないよ、今日からやるつもりだけどな、とメモ用紙に視線を落とした。整理はとっくにできているようだったが、手持ち無沙汰にメモ用紙を振ったりさばいたりしている様子だった。

「あたしは社会をやって、ナガヨシは国語の問題の部分だけやったんだけど、それもコピーとる？」

　セキコがそう申し出ると、大和田は目をパチパチさせて、ほんとか、と小さく言った。ほんとに、と答えると、大和田はうなずいて、やや頬を紅潮させて、やった、やった、と控えめに言った。コピーの時間は少し長くなるかもしれないが、ナガヨシは機嫌良く立ち読みをしているので大丈夫だろう。国語の冊子は持ってる？　と訊くと、ナガヨシは、持ってる、とうなずいて、メッセンジャーバッグから冊子を出してセキコに渡し、また立ち読みに戻る。

　理科のコピーが終わると、大和田に社会と国語の冊子を渡して交替する。料金箱にじゃらじゃらと小銭を足した大和田は、整理した英語のメモ用紙をセキコに渡し、ガラスの板に社会の宿題の冊子を伏せて置く。

　大和田がコピーしている様子を眺めながら、セキコはだんだん手持ち無沙汰になってくる。さっきの、「山茶花」という店の女の人のことが思い出されて、あの人と大和田はどういう関係なのだろうという基本的な疑問が頭をもたげる。そんなセキコの頭の中とは関係なく、大和田は淡々とコピーをとり続ける。

　あのさあ、と口を開いて後悔したものの、大和田はちゃんとそれを耳に入れていて、なに？　と訊き返してくる。セキコは、しまった、と思いつつ、極力軽さを装って、あのお店の女の人、きれいだったなあ、と感想を述べる。大和田は、コピー機のカバーを押さえたまま、肩越しに軽くセキコを振り向く。店の蛍光灯の光が、大和田の眼鏡のレンズに反射したような気がする。

「母親の元同僚だよ」

意外にも、大和田はさっと答える。セキコが、へえ、とうなずくと、大和田は、呑み屋っていうか、スナックみたいなとこの、と付け加える。少しの間黙ったあと、大和田はさらに駅の名前を呟く。ナガヨシの母親がよく行く百貨店の最寄り駅と同じだった。確かに、あそこの筋を少し入れば、小規模な店が乱立する歓楽街がある。

「仲いいの？」

あの女性と中学生の大和田の関係を、そんな言葉で表現するのは明らかに変だと思いながら、セキコは他に言葉を見つけられなかった。大和田は、今度はセキコに背を向けたまま答える。

「おれが小学生だった時、よく母親の店に行ってたんだけど、いつも面倒見てくれてた。母親の仕事仲間の中ではいちばん若くてね」

ぼそぼそと言いながら、大和田は、コピーが終わったのか、社会の冊子を閉じて、セキコに返す。

「母親はあの人とは結構長くてさ、妹分ていうのかな、そういうのみたいで、うちにもたまに来たりしてた。料理がわりかしうまいんだよ、炊き込みご飯とか」

ふんふんと大和田の話を聞きながら、セキコは、炊き込みご飯は具を入れて炊けばいいんだから、うまいとか下手とかあんまりないんじゃないの、という言葉を呑み込む。

大和田は、何かを吹っ切りたいように話を続ける。

「でも去年なんか揉めたみたいで、母親はあの人を店から追い出しちゃった。母親は、せいせいしたって言いながらも、おれにやたらそのことを話すようになってね、それも酔っ払ってさ。おれ、何回聞いても、あの人と揉めた理由ってのがよくわからないんだけども、母親は、誠から見てあたしは悪くないよねって、そればっかり」

大きく首を捻りながら、大和田は、国語の冊子を広げてガラス面に置く。

「母親は、あの人があの若い男、たぶんカウンターにいた男な、あれにたぶらかされてんだと思って、やめろやめろってすごい言ったみたいなんだけど、それをどう頑張っても受け入れてもらえなくて、そのことが許せなくてあの人を追い出した。母親は、それをなんか、後悔してんのか肯定して欲しいのか」大和田は、もはやほとんど手元は見ずに、手際よく冊子をセットしながら続ける。「そういう話を毎日聞いてると、実態がどういうものか見に行きたくなるだろ？」

まあね、とセキコはうなずく。大和田の話の額面は、親の話題に毎日出てくる仕事仲間を見に行くという態の、それだけのものだったが、大和田が何か、あの女性に特別な郷愁のようなものを抱いているのだとしたら、毎日のように様子を見に行くのも、わからない話ではなかった。

ただ、それは立ち入った解釈だし、本人に言ってどうなるってわけでもなあ、とぼんやり考えていると、セキコ、セキコ、これちょっと見てと雑誌を持ってナガヨシがやってくる。グラビアには、白いユニフォームを着て、色素の薄い目をぎらぎらさせて笑っているサッカー選手が写っている。かっこよくない？　と、この人は誰でどういう人で、という説明をすべてすっ飛ばした質問が投げられたので、笑いすぎじゃないの？　とセキコが端的な感想を述べると、その反応の鈍さは意に介さない様子で、かっこいいよなー、と浮かれながら、ナガヨシはあっさりと元の場所に雑誌を戻しに行く。

大和田は、それからすぐに国語の冊子のコピーを終わらせた。順番で言うと、理社国、という三教科分の長いコピーが終わり、どれだけ気の遠くなるような額になっているんだろうか、と料金箱を覗き込むと、大和田が精算してしまった後だった。いくら払おう？　と恐る恐る訊くと、いいよ、とだけ大和田は言って、さっさと自動ドアのマットを踏んで、外に出て行った。

じゃあおれこっちだから、と大和田は、何かうずうずと、一秒でも早くセキコたちから離れたい、という様子で、商店街とは逆の方向を指差した。このままあっちに戻ったら商店街で、そっからはわかるよな？　と訊かれたので、セキコはうなずく。ナガヨシは、これからシューアイスを取りに行くんだよ、あげるよ、と屈託なく言ったが、あそこのべったりした味はもう飽きちゃったよ、と大和田はサドルに飛び乗って走って行ってしまった。セキコには大和田が、ほとんどその場から消えるようにいなくなったように感じられた。そこにはもともといなかったのだと言われても、信じてしまいそうだと思った。

「えー、おいしいのにさあ、ぜいたくだなー」

ナガヨシは、大和田が吸い込まれていった夜道を眺めながら、本当に心証を悪くしたような様子で言う。セキコは、まあでも、コピー代おごってくれたし、といなしながら、休みが終わって塾に行った時のことを漠然と考えた。大和田はいるだろうか。いると思うけれども、きっともうあまり喋ることはないんだろうな、と考えながら、ナガヨシの背中を追った。

*

朝起きると、枕元にチラシの裏に書いたメモが置いてあった。『パート休みました。起きたら話し合いましょう。母より』という文面を、布団の上にあぐらをかいたセキコは、しばらく顔をしかめて見下ろしていた。母親は、昨日話し合いたい様子だったが、セキコがそれを無視して部屋に戻ってしまったため、仕事を休むということで、セキコに圧力をかけているつもりなのだろう。馬鹿じゃないのか、と思う。母親にはこういう非現実的なところがあるから、自分は家の経済状況に関していらいらと考えるはめになっているというのに。

このままセキコが話し合いに応じず、母親が衝動的に話し合いたくなるたびに仕事を休まれては困るので、仕方なく、顔を洗って母親がいるであろうダイニングに行く。それでも、父親が同席したら逃げてやろうと思っていたのだが、今日は母親だけがテーブルに着いていた。ベランダに干している水着がなかったから、妹はプールに行ったのだろう。父親と一緒なのかもしれない。どうでもいい。

「桃をもらったんだけど、剝くから。そこに座って」

部屋の出入り口にセキコの姿を認めると、母親は自分の前の席を勧めて、代わりに席を立つ。

「いらない」

断る理由もなかったが、とにかくいらないと言う。ここで桃なんか欲しがっては、母親の論理に丸め込まれそうな気がする。母親は、そう、と了解しつつも、まな板の上で桃を剝いている。自分は食べるつもりなのだろう。セキコは、その母親のこわばった背中を見ているだけでどっと疲れてくるのを感じながら、冷蔵庫を開けて麦茶のボトルを出し、食器棚からグラスを持ってきて、自分の分だけ注ぐ。いつもながらまずい麦茶だが、今日はよりまずく感じる。

「仕事なんか休んでどうすんの、うちは金ないのに」

麦茶のまずさで悪くなった気分のままに、言葉を吐く。両親の性交について暴露して以来、どんなひどい悪態でも口からどんどん出てきそうな、妙な自信がある。その感触は、スキップしたいような軽さと同時に、ぞっとするような冷ややかさも含んでいる。

「あんたはお金のことは心配しなくていいのよ」

「聞き飽きたよ。嘘つくなよ」

喉の奥から、カッターナイフの刃をひとかけらずつ吐き出しているような思いで、母親の言葉を否定する。もはやセキコの中には、自動操縦のように母親の言うことをごまかしだと決めつける回路ができていたが、果たして本当に、母親の見解には根拠がないのかということも、自分はわかっていない、とどこかで気がついていた。

その不確かさをごまかすように、セキコは母親を攻撃する言葉をさらに継ぐ。この争いごとは、意地でも前進させなければいけないと思ったのだ。愛や情に流されてはいけない。そんなものは詭弁に過ぎない。

「そんなくだらないこと言ってまで、あんたはあのおっさんにあたしを懐《なつ》かせたいのか。あのおっさんを家で飼っときたいのか。その理由が家族だからなんて、馬鹿じゃないのか？」

激怒しろ、と思う。怒ることは苦しい。だからあんたも自分と同じように怒れ、と思う。わたしが父親に怒るように、あんたはわたしに怒れ。家族じゃないの、なんて言ったら、テーブルをひっくり返してやる。

しかし母親は、食器乾燥機の中から器を出して、まな板の上で切った桃を無造作に放り込み、テーブルの真ん中に置いただけだった。セキコの前にも、フォークを載せた小皿が置かれる。

「本当に、お金のことは心配しなくていいのよ。とにかく、あんたを高校に三年間行かせられるだけの蓄えはある。私立でも。公立の高校に行ってくれれば、私立大学にだって行かせられると思う。浪人や下宿はさせてやれないと思うけどね。奨学金も利用してもらわないと」母親は、フォークで桃を自分の皿に取りながら、無感情に言う。「セキコが金、金、って言うのはわかるわよ。中学生の娘に、お金のこと心配させて、情けない親だって思うわよ。わたしがあんたの立場だったら、同じように心配しただろうしね」

別にあんたは聞きたくもないかもしれないけど、パート先で正社員になれるかもしれないの、事務に欠員ができたから、と母親は、内容のわりには自暴自棄な様子で報告する。

「事務をやってた女の子が、出産で会社を辞めることになったから、昔同じ入庫の仕事してたわたしがそこに入れるかもしれないの、今日休んじゃったから、別の人に回されるかもしれないけどね」

母親の言葉に、セキコが息を呑むと、うそよ、と母親はにやりと笑って桃を口に入れる。他のパート仲間たちは、それぞれ、子供がまだ小さいだとか、フルタイムでは働きたくないなどの理由があり、母親が正社員になるのはほぼ決定事項のようだ。

「まあそれでも、あんたは金、金って言うかもしれないね。正社員っていっても大した手取りじゃないから。十七万よ。今まではましだけど、ぜいたくはさせてやれない。あんたも高校に入ったら小遣いは自分で稼ぎなさい」

すらすらと話をする母親が、不気味にも見えてくる。同時に、今まででいちばん、自分が母親から大人として扱われていると感じる。家族という糖衣で包まれた言い訳に、ごまかされてきたこれまでよりはよほど。

ただ、高揚のようなものはまるでなかった。母親は母親のままだったが、同時に別の生き物にも見えた。セキコの頭の中では、ナガヨシがときどき見せてくれる、動物番組でよく見かけるような平原や激流の河原が、ぼんやりと広がり始めていた。性交中の母親の声が、頭をよぎる。だんだん気分が悪くなってくる。今後の見通しについて、現状をクリアに述べられたにもかかわらず。それが、ひとまず心配し過ぎなくて良いというものであったにもかかわらず。

「そりゃよかったね」

手を出さない、と決めていたのに、なんとなくフォークを持って桃を自分の小皿に移してしまう。

「だからあんたが心配することはないのよ」

心配、と母親は言うが、自分は心配しているのだろうか、とセキコは思う。どうにもしっくりこない。自分は、怒っていたのではなかったのだろうか。それは、蓄えはまあああるから心配ないよ、と言われて、どこかに消えてしまうような根の浅いものだったのだろうか。

自分はいったい何が欲しいんだ？　これで話は終わりなのか？

「恥ずかしい」

フォークから手を離し、頭を抱えて搔き毟りながら、セキコは、胸の底に溜まっている汚い色の粘液のようなものの名前を探す。気分の悪いもの。しっくりこないもの。どこまでもこけにされていると感じるもの。

「恥ずかしいんだよ」首を振り、肺の中の空気を総入れ替えするかのように、深呼吸をする。「お父さんが働かないことが恥ずかしい。言い訳ばかりで恥ずかしい。センスもクソもないゴミみたいなギャグが恥ずかしい。いつも暇そうにしてて、気まぐれでまずいうどんを打つことが恥ずかしい。そういうことについて、わたしだけが怒っていて、事を荒立てて馬鹿じゃないのって、そういう目で、お母さんやセリカがあたしを見ることが恥ずかしい。すごいまぬけになったような気分になる」

頭皮は、搔けば搔くほど刺激を求めるように粟立《あわだ》つ。自分は永遠に頭を搔くのをやめられないのではないかと一瞬だけ思う。

「それはあんたの言うことじゃないの」

ほら来た。

セキコの腹のあたりに怒りが燃え広がり、ある種の暗い満足感がもたらされる。この女の人はこうでないと。ずるくないと。嘘つきでないと。

「あんたはお父さんが嫌いだけれど、お母さんはお父さんが好きなの」

セキコは泣きたくなった。もう嘘でさえない。

頭を掻き毟るのをやめ、のろのろと立ち上がる。小皿の上には、取り置くだけ取り置いた桃が残される。家では絶対に泣いてはいけないと思った。部屋から出て行くセキコを、母親は止めなかった。止めてほしかったのか、止められなくてよかったのかもよくわからなかった。

とりあえず、ナガヨシの家に行って現実的なことを進めよう、と昨日大和田が作業してくれた宿題のコピーの束と、机の上に出しっぱなしになっていた宿題の冊子をすべてカバンに入れて家を出る。

階段を降りながら、ナガヨシに電話をすると、今日はお母さんがおかしいから来ないほうがいいと思う、といつになく硬い声で言った。父親が、出張先からメールを出してきたのだそうだ。『しばらく戻らない。結婚生活について少し考えさせてくれ』と。セキコは、力ない笑い声をたてながら、どこの家もどいつの親も、と世界に向かって人差し指を突きつけたくなる。ナガヨシは、軽く緊張しているものの、冷静な言葉つきで、「実家にいったん帰るんだと思う。今までも結構あったから、こういうことは」と言った。そんなにしょっちゅうあんたのお父さんが出てってたなんて、あたしは知らないよ、と言いながら自転車の錠に鍵を差し込むと、小学生の頃の話だから、セキコと知り合ったのは中学に入ってからだからね、と電話越しのナガヨシは笑いながら説明した。

仕方なく、図書館に向かうことにする。他に行くべき場所を思いつかなかった。小遣いはまだなんとか残していたが、この先も何があるかわからない。状況は底を割るかもしれない。

自分の不満は金のことではなかったのか、とセキコは思いながら、微かに暑さが和らいだ外気の中を走った。そうなってくると、まだそのほうがましだったような気もした。家族であることが嫌だと思うよりは。

開館直後の時間に図書館に到着すると、エントランスの方向から、毒づきながら帰ってくるおっさんの群れと擦れ違った。臨時ってなんだよ臨時って、昨日も来たんだからさ、言ってくれよその時に。嫌な予感がして、息を潜めながら、自転車に乗ったままエントランスに近付いていくと、『臨時休館日』という札が立っていた。頭がくらくらした。エントランスの庇の下には、とりあえずもうここでもいいやという態でおっさんが座り込んでいる。

「休みだって」

聞き覚えのある声が、斜め後ろから聞こえる。振り返ると、室田いつみが、無気力そうな顔つきで、ぼんやりと『臨時休館日』の札を眺めていた。室田の更に後ろにやってきた若い男が、ちっと嫌な舌打ちをして回れ右をする。

「困ったなあ」セキコはもはや、何の虚勢を張ることもなく首を振る。まいっていた。自分は家出少女には向かないと心底思った。こんなのはあまりにも所在無い。行くところがないということは。「家に居られなくてさ。図書館まで休みだったら、もうどうしたらいいかわかんないよ」

口にしてしまうと少し楽になった。室田は、軽くうなずいてセキコの話を聞き、じゃあうちに来る？　と意外なことを申し出た。

「あんただって家に居たくないからここに来てるんじゃないの？」

「別の人が居たら気が紛れるし、それはいいよ」

室田は肩をすくめる。室田もまた、家の中に味方がいないと感じているのだろうと思う。少し迷ったが、そういえば小学生の頃は、大して仲良くもないけども、家に行ったことがある友達も大勢いたな、と思い直して、室田についていくことにした。

室田の家は、セキコの家とは校区の反対側に位置する住宅地にある。そちら側には友達がいないので、実際に来たのは今日が初めてだった。すべての家には、一階にガレージがあり、三階建てより高い。室田の家も、他と似たような作りの三階建てで、クリーム色や赤茶色を基調とした外観が、妙に生暖かく見えた。夏場にはまじまじ眺めたくない色合いだった。まあまあ大きい家ではある。ナガヨシの家も一戸建てだが、購入の時点で中古だったので、作りが少し古いと言っていた。ナガヨシの母親は新築の家を欲しがったが、父親はそれを叶えられなかったので、買い物の出費に関しては妻の言いなりになっているらしい、という話を聞いたこともある。

ここの母親は、自分の家に満足しているんだろう、と玄関に飾られたリトグラフや花を眺めながら考える。並んでいる靴は、すべてきっちりと揃えられている。奥の部屋から、若い男の耳障りな笑い声が聞こえる。どうして若い男は、あんなに大声を出して笑うのだろうか、まるで自分は楽しいのだと、他人と自分の両方に言い聞かせてるみたいだ、とセキコは思う。室田の肩が一瞬こわばり、そして捨てるように靴を脱ぐ。ちゃんと室内の側に踵を向けて揃えられたローファーやミュールやサンダルの中で、室田のスニーカーだけが場違いに転がる。

いつみ、帰ったの、と室田の母親と思しき女の人が出てくる。品のいい生成《きな》りのチュニックを着た、小柄な女の人だった。化粧は薄く、それでも申し分のないほど肌はきれいに見える。自分の母親のどこか疲労している目元や、ナガヨシの母親の、太っているがゆえに肌色のゴムボールのように妙につやつやと膨れ上がっている頬と比べて、室田の母親には、欠落や過剰な部分がなく見える。強いて言えば、先ほど聞こえてきた若い男の笑い声の、何十分の一かというほど声が小さい。

ああ帰ったよ、と室田は鸚鵡《おうむ》返しに言う。お友達？　と室田の母親は、セキコのことを覗き込んできたので、はい、お邪魔します、飯田です、とぺこぺこお辞儀をする。ゆっくりしていってね、と言われると、セキコはより所在が無くなって、この場を立ち去りたくなる。

「お茶はいる？」

「持ってきたければそうすれば」

無視するでもなく、無駄に逆らうでもないが、室田の言葉はそっけない。熱量というものが、別の人間と喋っている時よりも感じられない。室田とこの母親の会話はどんなもんだろう、とセキコは思う。母親の、ぽつりぽつりとした歩み寄りに、室田がただ言葉尻をそのまま返すように答えるというだけの、殺伐としたものなのではないか。

こっち、とついてくるように促されて、セキコは室田について二階に上がる。階段は磨き上げられており、壁にはやはりリトグラフがかかっている。

室田の部屋は、二階に上がってすぐのところにあった。散らかってるけど、と室田が言う通り、部屋はあまり片付いてはいなかった。自分と妹の部屋や、ナガヨシの部屋より少し広いものの、特に変わったところのない部屋だとセキコは思った。床にはマンガの単行本がたくさん散らばっている。少女マンガも少年マンガも青年マンガも満遍なく。どれもそこそこ有名な作家の本で、特に目を剝くようなものはない。テレビはなかった。

ふつうの子だ、とセキコはぼんやり思いながら、勧められた座椅子の上に座る。座椅子は、床のローテーブルに向けられている。テーブルの上も散らかっている。料理の本が何冊か無造作に置いてある。日本中の丼を集めたという本が、山の一番上に載っていて目を引く。

自分が今まで室田に抱いていた敵意というのはなんだったんだろうと考えていると、アメどうぞ、と室田はセキコの前に、ヨーグルト味のアメを二つ置いた。起きてからお茶ぐらいしか口にしていなかったので、すぐに袋を剝いて口に含む。甘すぎず程よくすっぱい、ぬるい味が心地いい。

「ヨーグルト味のアメは、水だけでなめられていいよね」

「水？」

「いや、だから、チョコレートとか他の甘いアメは、舐めているうちにお茶とか苦いものが欲しくなってきて厄介だけど、ヨーグルトのは水だけですっきり舐められていいなあと思う」

誰にも話しかけているという様子もなく、室田はぼんやりと言う。そんなことばかり考えて生きているというのなら、室田もナガヨシもそんなに違いはないのかもしれない。

表紙に印刷されている、どうにもおいしそうな親子丼が目を引く丼の本を見せてもらうことにする。最初の項目は、やはり親子丼で、次は鳥の照り焼き丼で、その次はからあげマヨネーズ丼だった。写真が異常にいいな、と思っていると、アメを舐める以外に何もしていなかった室田は、それ、写真がいいでしょ、と指をさす。

「サルサ丼ていうのが後のほうにあるんだけど、わたしはそれが食べたい」

室田は、きわめて真面目な顔で言う。セキコはなんとなく笑ってしまいながら、自分はやっぱり親子丼かなあ、と答えて最初のページまで戻ると、だし汁っていうのがなんかめんどくさい、とアメの袋を細長くたたんで、指で平らにしながら、室田は言う。だしパック入れるだけなんだけどさ、なんかめんどくさい、とふてくされたように続ける。

丼の本は本当においしそうだったが、ヨーグルトのアメを舐めて見ているだけでは、やがてストレスがたまってくるようになってきたので、山の上に戻す。室田は、頬杖をついて目をぎゅっとつむったりまばたきしたりして、暇そうにしている。

セキコは、そうだこんな時にこそ、と、宿題やった？　と訊くと、室田は、まあそこそこ、と肩をすくめた。

「国語が書き取り多くて意外とめんどくさいよね」

室田はそう言いながら、テーブルの上の料理本を床に置き、代わりに、床に散らばっていた宿題の冊子をテーブルの上に置く。数学の冊子がいちばん上に置かれている。

セキコは、邪視から逃れるがごとく、数学の冊子から目を逸らす。他の教科の答えがどんどん調達できているので、最後の難関を忘れていた。忘れたふりをしていた。

セキコは数学が苦手だ。ナガヨシはもっと苦手だ。一ページに並ぶ問題のうち、セキコなら三問、ナガヨシなら一問解けたら良いほうだ。塾長もそれをわかっているので、模擬テストの結果に関する面談のたびに、受験は全科目の合計点だから、数学は計算問題だけに集中して、とにかく他の教科でミスしないように頑張れ、と現実的なアドバイスを授ける。その話を思い出すと、果たして自分はこんなにいろんな教科の宿題の答えばかりを集めていて大丈夫なのか、という気がしてきて頭を抱える。

受験の費用や学費がどうのとかという以上に、自分自身の実力のがやばいんじゃないか、と首を振りながら、室田が部屋に吊っている、数字だけ大きくて素っ気無い近くのスーパーのカレンダーを見ると、もう盆休みも明日を残してほとんど終わりかかっているということに気がつく。自分は何をしていたのか。図書館の席取りと大和田の尾行か。何だったんだこの休みは。

今更後悔しても遅かった。今はとにかく集まってきた宿題の答えを写すしかない、と自己嫌悪に苛《さいな》まれつつ、カバンから宿題の冊子やコピーやメモを次々に出していくと、あ、すごいこれ、と室田は、大和田と二人で写しとったクレの英語の答えを手にして、悪気の無い様子で言う。改めてよく見てみると、大和田のメモの字が異常に汚いことが不安になる。

「英語の答えか、これ、あたしのとは違うや」室田は自分の英語の冊子を開いて、答えを照らし合わせて首を捻る。「すごいね、全教科あるの？　よく集めたなあ」

室田の言葉にいやみはなく、心底感心している様子で、セキコの出したコピーをめくってゆく。セキコは、全教科はさすがにない、数学だけないな、と答える。

「数学なら半分やってるけど、見る？」

事も無げな室田の言葉も、今となっては何かむなしい。セキコの実力からしたら、半分答えが書けているだけでも御《おん》の字である。セキコは、うん、よろしく、とうなずきながら、はじめから全部自力でやっておけばよかった、と後悔しつつ、でもやっぱり家にいられなかったからできなかったんじゃないか、と唐突に家族に腹を立てる。

あたしもやばいところは写させてもらおう、と室田は英語の答えを手にとったものの、大和田がメモした部分を眺めて首を捻り、これなんて書いてあるの？　とセキコに訊いてくる。確かに読めない。字が汚いくせに筆記体でメモしているのだった。なんだよもうー、とテーブルを叩いていらいらしていると、あ、アワだこれ、our、と室田が答えの隣に書き加えていた。

なんだか、長い休みのたびにどこかの家でやっていた、宿題写しの会議をやっているみたいだ、とセキコは思う。それを室田とやる日が来るとは。室田は、セキコ以上にせっせとコピーを確認しながら、書き写す答えの取捨選択をしていく。すべてが埋まっていると怪しまれるのは自明のことなので、自分より実力がある者の答えを写す場合、大体の生徒は、半分ぐらいは自分で考えた答えを書いておいたり、本当に自分に手に負えなさそうな問題は空欄にしておいたりする。

室田に影響されるように、セキコも渋々大和田の理科の冊子のコピーを写す。落描きが多かった。遺伝の法則についての章では、問題の上から表を書き足して続けていた。代表的な単細胞生物を三つあげよ、という問題では、三つでいいのに八つ書き込んでいた。酢酸カーミン溶液の瓶の絵を描いたり、ばかばかしいものも多かった。

なんか、この英語の冊子の問題は、変な文が多いね、と室田は顔を上げずに言う。『私はウィノナ・ライダーよりメグ・ライアンが好きです』とか『メイド喫茶にはまだ一度も行ったことがありません』とか、なんなんだろう、などと室田は読み上げる。

受験には出てこないよね、それ、とセキコが冊子を覗き込むと、ウィノナ・ライダーとメグ・ライアンっていう選択がなんかちょっと、一昔前だから、出ないと思う、と室田は首を傾げた。誰のこと？　とセキコが訊くと、アメリカの映画の女優、と室田は肩をすくめて答える。映画が好きなのか、セキコは更に問いたかったけれども、また今度にしようと思い直した。

せめて問題をちゃんと把握して、どうしてその答えが出るのか考えながらやろう、と集中しながら作業をしていると、しばらくして腹が鳴った。以前なら、あまり親しくもない室田の前で腹を鳴らしたら、自己嫌悪で逃げ出したいぐらいだったかもしれないが、今はもはやなんとも思わなかった。室田が自室で丼の本を眺めているような人間だとわかったからかもしれない。

「昼ごはん食べた？」

そのまま、何の言い訳もせずに宿題を続けていると、室田は顔を上げずに言った。そうだなあ、とうなずくと、あたしもまだなんだけど、何か持ってくるわ、と室田は立ち上がり、部屋を出て行った。

セキコは構わず宿題を続けた。部屋の中の、室田がいる時には見ることができない部分を確かめたい気もしたけれど、それはそれで面倒だとも思った。なんにしろ、積極的に相手の弱みを握ろうとせずにいられる関係は、とてもらくだと言える。

室田は、パスタの盛られた皿と水の入ったグラスをお盆に載せて、すぐに戻ってきた。昨日のスパゲティにトマト刻んでかけただけだけど、と言いながら、散らかったテーブルの上の空いた場所に皿を置く。そしてめんどくさそうに、テーブルの上に置いてある他のものを床に下ろす。フォークをもらい、いただきます、と冷たいパスタに、ニンニクの効いた刻んだトマトをからめてすする。

「これはうまいね」

「そりゃよかった」

「うちの母親は、父親がニンニク嫌いだから、こんなもん家では作ってくれないよ」

セキコはニンニクが好きなので、チューブのものを買ってきて、いろいろなものにかけて食べている。それを見かけるたびに、父親はくさいくさいとからかう。一日じゅう家がくさくなる、としつこく言う。思い出すだけでうんざりする。

「そっか」

「結局料理が下手なんだよ、うちの母親」

でも自分で作ったものはおいしいおいしいって食ってるんだから、なんかずうずうしいよね、と言うと、室田は、うちの母親は料理ばっかりしてるよ、と何か自嘲するように言う。

「いいじゃない、うらやましいよ」

「そうかな」

セキコの言葉に、室田は歪んだ笑いを浮かべる。唇の片方だけを緩く上げて、目を眇めるような顔つきには見覚えがある。自分も家でしょっちゅうこんな顔をする、とセキコは思う。

「すごいちゃんとした母親っぽくてさ。なんていうか、雑誌っぽいっていうか、ＣＭに出てきそうなお母さんだよね」

まるで、室田の母親を本当に目の前にしているかのように、お世辞を言う。実際にそう思っている節もあるのだが、雑誌やコマーシャルに出てくる母親が、表面的に素敵ではあれどもいい母親かどうかの判断は保留する程度には、セキコもナイーブではなくなっていた。

室田は、そう見えてるといいよね、とやはり笑う。とりあえずは、その顔をしておこうとでもいうように見える。

「最近不倫したんだよ」室田は、半分ほどになったパスタをかき混ぜながら、平たい声で言う。意図的なほど、心の動きが無いように聞こえる。「町内の、妻子持ちの男の人とね。そっちの家のほうは、奥さんと娘さんが出てった。でもうちの母親は運が良かったのか、あの立場に収まってる。何もなかったみたいにね」

背中から、どっと汗が噴き出すのを感じる。一瞬だけ体温が上がって、急速に冷えてゆく。階下で見た室田の母親の顔を思い出そうとするけれども、もう輪郭がぼやけている。寒くなってしまったので、目の前の冷たいパスタが突然わずらわしく感じる。

「そっか、それは運がいいね」

「すごく運がいいんじゃないかな」

室田は、パスタを選ぶように数本フォークに絡めて、高く差し上げてまた皿に置く。手が疲れる、と呟く。ほとんど日焼けしていない室田の腕は、ひどく青白い。

「運がいいといやね、うちの父親も働いてない」どうして自分が室田に打ち明けるのか、よくわからなかったが、言ったほうがいいと思ったので、セキコは家のことを話し続ける。「リストラとかで働く場所がなくなった、とかじゃなくて、働いてないんだよ。すぐにやめちゃうんだよ。職場の誰それがいやだとか、仕事のレベルが低いとかっていってね。母親はそれを咎めない。あたしが文句言っても、あんたには関係ないって言う。妹は見て見ぬふり。あたし以外の皆は仲いい。くそったれって思ってるのはあたし一人」

そう言った後に口にしたパスタは、まるでゴムのような味だった。だれがこんなもんうまいって言ったんだ、とセキコは不思議に思ってしまう。

「そっちのお父さんも運がいいね。許してもらえるとか、見て見ぬふりをしてもらえるとか」

室田の声は、乾ききっていた。もう飽きた様子でのろのろフォークに絡めていたパスタを、やっと口に運んだ後は、フォークを皿の上に置いて手を離してしまう。

「いつまでもこだわってる自分が馬鹿なんじゃないかと思えてくるけどね」両手をだらんと床について、天井を見上げた室田が、ぼんやりと呟く。「でもまあ、まともな家なんてないもんなのか」

どうなんだろうね、と言いながら、セキコはナガヨシのことを考えた。親はみんなおかしい。人間は家庭を持つとあんなふうに道理が通らなくなるものなのだろうか。

家というものは、まともではいられなくなるほどのものなのだろうか。それとも単なる加齢による精神的な劣化現象なのだろうか。思い出したように携帯を見ると、ナガヨシからメールが入っていた。『今度の夫婦げんかは長くなりそう』と。ナガヨシの家のことも喋ってやろうかと思ったけれど、それはよそのことなので、さすがにやめておくことにした。

食後は、少しだけ休んで、すぐに宿題に取り掛かった。家の話をしたからとはいえ、それで話題がすごく増えてとても親密になった、ということはなく、むしろややばつが悪かったが、室田は、一緒にいて黙り込んでいることが苦痛にならない相手だということはわかった。それはけっこう悪くないことだった。

英語を写し終わると、室田は数学の残りの宿題を始めた。社会と国語と理科も、自力でかなりやったので、とりあえずのところはいい、とのことだった。室田は英語が苦手なのだそうだ。洋画が好きなくせに、外人の顔が見分けられない、と言っていた。それと英語が苦手なことに関連性はおそらく無いだろうと思われたが、ちょっと面白かったのでセキコは黙っていた。セキコは、完成した室田の数学の冊子を貸してもらったものの、問題集そのものに写すかどうかはさんざん迷ったあげく、ルーズリーフをもらって、自分には手に負えなさそうな問題の答えだけを写させてもらうことにした。といっても、ページの三分の二ほどがわからない問題で占められていて、もはやどれがわかる問題でどれがわからない問題なのかもあやしかったが、頭を悩ませながら、セキコは室田の書いた式や答えを写し取っていった。

室田の家には、母親が夕食に呼びに来るまでいた。一緒に食べていったら？　と室田にもその母親にも言われたが、気を遣うので固辞し、昼食と宿題の礼を言って帰ることにした。

ほとんど一日じゅう床に座りっぱなしで、やっていたことといえば無味乾燥な宿題の答えの複写だったが、自転車に乗ると、何か妙に体が軽いのを感じた。宿題を全教科終わらせるめどがある程度立ったからだろうか。家に帰っても、よほどのことがない限りは心安らかにいられるような気がした。

信号待ちの時に、宿題全部揃ったよ、とナガヨシにメールをすると、すぐに、『ほんと？　やったあ』というメールが返ってきた。コピーに協力してくれた大和田や、クレにも知らせようか考えながらペダルを踏んだ。大和田は理系だから、数学はいらないかもしれないが、クレは最後に会った時点で社会と英語しか揃っていないわけだから必要だろう。クレが、せめて塾にぐらいは戻ってきたらいいと思った。そのためには、宿題をすることが条件だし、クレにその気が無くても、とにかく答えは預けようとセキコは心に決めた。

これからは勉強しよう、とやっと思った。もう遅いかもしれないが、やれるだけのことはやろう、と深く息を吸った。宿題の答えが全教科揃ってしまったことが、かすかに寂しく思えた。ほんの少しだけ、夜の風がひんやりしてきたような気がした。

＊

早く夏休みが終わってほしいと休みの間は思っていたけれど、いざ学校が始まるとそれはそれで憂鬱だった。休みのときよりも早く起きなければいけないのが辛いし、限定的なもので済ますことができた休みの間の人間関係と違い、またわらわらと他の生徒達が周りをうろつくようになるのがわずらわしい。

それに、あれほど家にいてうっとうしかった父親は、夕方から深夜にかけてどこかに消えるようになり、もう、父親嫌さに必死な思いをして家から出る必要はなくなったようだった。どこに出かけているのかは訊かなかった。おそらく、呑みにかパチンコにでも行っているのだろう。家にいるのも問題だが、外で金を使われるのも良くない。いつかまたそのことで揉める日が来るんだろうと思うと、気が重かった。

始業式とホームルームの間じゅうは、あくびが止まらなかった。盛んにしゃべっている者もいたが、教室の空気はどんよりとしていて、ただそこにいるだけで眠気がのしかかってくる。オーストラリアに行ってきたという女がいて、自分のグループの女に土産を配りまくった後、セキコの後ろの席の男にチョコレートのビスケットを渡していた。ナガヨシの家で見かけたことがあるパッケージのものだった。甘ったるいがうまかったな、と思う。

学校について覚えていることといったらそのぐらいだ。始業式の日は、塾も早く始まるので、家に帰るとすぐに服を着替えて昼食を食べ、塾へと出かけた。月初めは、その月の席次が決まる日なので、皆なんとなく早めに塾に来る。席は前月の成績順に座る。自分の成績も、隣の席が誰になるのかも、生徒達は早く知りたいのだ。

黒板いっぱいに書かれた席替えの図に従って、生徒達はざわざわずるずると移動していた。八月は、長い休みがあった分、小テストなどが少なかったので、盆休み明けの宿題テストの結果が大幅に影響している。

セキコの席次は、前の月と全く同じ九番で、隣は大和田だった。前回十二番だった大和田は、十番に上がっていた。大和田はまだ来ていなかった。大和田はいつもだいたいぎりぎりにやってくる。そしていちばん最初に帰るのだ。塾の時間の前後に、誰かとぺらぺら交遊を深めるということはない。

盆休みに英国風マナーハウスに遊びに行っていた高崎さんは、前の月は一番の席に座っていたものの、遊び呆けていた後遺症で順位を二つ落としたが、それでもご機嫌だった。もともと、表面的な成績の順位に執着があるタイプではないようだ。塾の休み明けには、生徒全員に、紅茶のティーバッグの小さなセットを配り歩いていた。

休みの前に、中江翔太にさんざん話しかけられていてめんどくさそうにしていた田代美咲は、また中江の隣で、思わずといった様子で呻いていた。セキコと目が合うと、うんざりしたように首を振って、溜め息をつきながら自分の席にカバンを置いた。

ナガヨシの席は少し後退していた。父親が実家に帰ったことに関しては、大したことがないように振舞っているが、本当のところはそれなりに辛い様子で、塾でもぼんやりしていることが多くなっていた。もともとぼんやりしがちなので、誰もそんなことは話題にしないし、講師もあえて注意したりしないけれども、セキコには、いつもと違うということがわかった。

室田は高崎さんに代わって一番の席に名前を書かれていたが、室田も大和田と同様に、ぎりぎりにならないと塾に来ないので、まだ顔を見せていない。

休暇中の宿題を、他の生徒の冊子からいろいろ写しまくったのにも拘《かか》わらず、セキコが席次を保てているのは、ひとえに休みの最終日に、国語以外のすべての教科が白紙だったナガヨシに付き合って、一日じゅう五教科の宿題の冊子を検分していたからだろうかと思う。

最後の懸案だった数学の冊子は、結局、計算問題だけは夜中じゅうかかってすべて自力でやった。自分の部屋では誘惑が多いので、ダイニングテーブルの上で、ひたすらじっと問題を解いていた。家族は、そんなセキコにまったくちょっかいを出さなかった。母親との話し合い以来、家族全員が自分を腫れ物のように扱っていることには気がついていたが、くだらないとは感じるものの、基本的にはどうでも良かった。志望校は公立に変えようと決めたので、家族のことには今のところは構わず、受験に集中しようと思った。

後ろの方で、微かなどよめきのようなものが起こったので、なんだろうと振り向くと、カバンを斜めにかけたクレが、黒板を見て、不安げに辺りを見回していた。かつてのTPOで、改めてクレを見かけると、たしかにかなり太ったということがよくわかる。しかし元気そうではあった。クレは、誰も座っていない一番後ろの席にカバンを置き、テキストやノートのたぐいを、几帳面に端を揃えながら机に並べていく。どうしたんだよ？　という誰かの質問に、や、ちょっと家で太ってた、とクレは気軽な様子で返答した。

クレとは、盆休みの最終日、ナガヨシの家に行く前に、クレの家に宿題のコピーを届けに行った時に、少し話した。塾には九月から行くようにするし、学校にもそのうち行くよ、とのことだった。理由は、父親が子会社に出向になり、給料が大幅に下がったからだという。たぶんもう、家でえんえんブタみたいなのを遊ばしてる余裕はうちにはないからさ、とクレは笑っていた。家で受験に必要な教科だけを勉強して、私立高校に行く、という計画だったのだが、それもだめになった、とクレは言う。公立高校受験には、中学校から提出される内申書の点数をそれなりにすることが必要になってくるので、学校に行くことに決めたそうだ。問題は授業中じゃなくて休み時間なんだよね、とクレは憂鬱そうに首を捻っていた。セキコが、中庭とか図書室に行くとかしてたらいいんじゃないの、と答えると、そうだなあ、ダイエットのふりをして運動場を走りに行くとか、とクレは笑った。

授業開始ぎりぎりになって、室田と大和田はやってきた。大和田は、自分の隣にセキコが座っていることに、一瞬だけ驚いたように顎を引いて眼鏡を光らせたものの、会釈をして座った。塾長は、黒板の席替えの図を消しながら、高崎さんの休みボケをからかい、クレをまじまじと見ながら、ちょっと見ないうちに太ったなあ、やせかけてた時は男前に見えてたのに、と言って、生徒達のぼんやりした笑いを誘っていた。

その日の授業は数学と理科だったが、相変わらずよくわからなかった。数学にいたっては、毎度のこと、何がわからないのかわからないという体たらくで、ちょっと夏休みの宿題の計算問題をやるようになったからといって、良くなったことはほとんどなかったが、とにかく、自分はこの教科でも受験しなければいけないのだ、ということは改めて自覚した。数学抜きで受験できる私立の人文学科の件は、ただ逃げたかっただけなのだと思う。それで済ませられる家の子はいいけれども、自分はそうではない、という覚悟のようなものはできた。だから、数学の穴を補うためにも、できる教科をがんばろう、とセキコはわからないなりに黒板の式を丁寧にノートに写していった。

授業が終わり、建物の外でナガヨシが出てくるのを待っていると、あの、と大和田が話しかけてきた。英語の宿題を誰がやったんだろうとずっと考えていたんだけども、あれはクレなんじゃないか、とのことだった。一度隣になったことがあって、その時に何度か字を見かけたのだが、きれいな筆記体で感心したから思い出したのだ、と大和田は言った。セキコは、クレに確認を取れないものかと周囲を見たが、見当たらなかったので、まあ、さる筋から手に入れたんだよ、と何の答えにもなっていないことを言ってはぐらかした。大和田は、そうか、と納得してはいないが、諦めた様子で、それじゃあな、と去っていった。セキコは、大和田とはもう話すことはないのではないか、と考えていたので、話しかけられたこと自体が意外だと思いながら、携帯を確認しつつ塾から出てくるナガヨシに声を掛けた。室田が、すり抜けるようにその後ろから出てきて、早足で図書館のある方向へと歩いていった。何か言おうとしたけれども、言葉を考え付く前に、室田の姿は塾の周囲から消えていた。

今日は何味にしようかなあ、と話し合いながら、セキコとナガヨシは、ひとまずナガヨシの家に帰った。塾が始まってからは、毎日シューアイスを買いに行くようになっていたが、塾が早く終わる日は、その日で最後だったので、ナガヨシは盛んに、今度はいつ食えるんだろう、ということばかり言いながら首を振っていた。また塾が休みの日に買いに行けばいいじゃない、と言うと、それもそうなんだけどー、とナガヨシは不安そうにする。毎日毎日行っていると、自分が買わないことで店が困るんじゃないか、という妄想に陥るらしい。

盆休みが終わっても、夏休みが終わっても、大和田が通っていた隣町のケーキ屋は、十年一日のごとく、泰然とひなびていた。いつ潰れるかわからない、とナガヨシがやたら心配するので、セキコもその気になってきて、自分たちのほかに客がいると妙に仔細に観察して、帰りにいろいろと話し合うようになった。子供と老人がやたらに多く、一回一回の購買の単価が小さいことが懸念されたが、たまに、ケーキのケースを指差して、ここからここまで二つずつちょうだい、と注文するような豪快な老女もいるので、セキコとナガヨシは人知れず安心するのだった。甘いものが好きなはずのナガヨシの母親は、ここのシューアイスだけは気に入らなくて、最近は、冷たいものは体を陰の状態にするから駄目よ、とやたらナガヨシに諭している姿が見かけられた。ナガヨシは、はいはいといなしつつ、一向に母親の言うことを受け入れる様子はなかった。ナガヨシの母親は今、ヨガのようなものにはまっているらしい。お父さんが消えるといっつもああいうことをやり始めんのよ、とナガヨシは後で言っていた。セキコが、心の安定のためにかな？ と訊くと、ナガヨシは肩をすくめて首を振っていた。

ケーキ屋を出るとすぐにシューアイスを口に入れたくなるほど、九月の最初の日はまだ暑かった。いつ涼しくなるんだろう、というナガヨシの言葉に、セキコは、最近は涼しいっていう期間がなくて、いきなり寒くなるような気がする、と顔をしかめて答えた。

自転車を押しながら商店街を歩き、シューアイスを食べ終わると、ナガヨシは、喉かわいた、コンビニにお茶買いに行こう、と言い出した。家に帰るまで我慢しなよ、と諭したが、ナガヨシは、家の分のお茶も買って帰るんだよ、と首を振った。ナガヨシの母親は、洋菓子を食べる時に淹《い》れる紅茶以外はお茶を作らないらしい。仕方なくナガヨシか父親が作っているのだが、今日は辛い辛い学校が始まった日で、そんなことをしている余裕はないのだ、とナガヨシは悲しそうに言った。

このへんにコンビニあったっけ、と言い合いながら、商店街の周辺を走っているうちに、大和田と宿題のコピーに行ったコンビニにたどり着いた。以前セキコが見かけたアルバイト募集の貼り紙はなくなっている。自動ドアが開くと同時に、ナガヨシの携帯電話が鳴ったので、ナガヨシは、あー、お母さんだ、と言いながら、建物の中には入らず、庇の下で話を始めた。セキコもその場に留まることにする。誰も中に通すことのなかったドアが、ゆっくりと閉まる。

通りを車が何台も走ってゆく。そのたびにナガヨシは、え？　聞こえない、もう一回、と繰り返していた。手持ち無沙汰になったセキコは、なんとなく店の中を覗き込んでみる。カウンターの中では、コンビニの制服を着た中年の男が、携帯電話で誰かと喋っている若い女の客が持ち込んだと思われる書類に、ぎこちなく判をついている。その真横で、大学生ぐらいの茶髪の男が、中年の男の手つきをじっと見張っている。

「ああそう、そうなの、ちゃんとあやまったの？　そりゃあやまらないといけないでしょう」

片方の指を耳に突っ込んだナガヨシが、面倒くさそうに諭す。それはまるで、母親が子供に物を言うようでもある。出会った頃よりは、ナガヨシは、自分の母親に厳しく振舞うようになってきた、とセキコは気が付く。

茶髪の男は、カウンターから書類を手に取り、中年の男がしっかり判をついたことを確かめて、再び中年の男に書類を手渡して指をさし、何やら指示する。中年の男は、うなずきながら顔を上げて、ゆっくりと書類を折って切り取っていた。

セキコは目を疑う。切り取った書類を若い女に渡しているコンビニの店員が、父親にそっくりだったからだった。

「知らないよ、そんなの。夫婦の問題は自分たちで解決してよ。うんざりする」

一度店内の様子から目を逸らしたセキコは、カウンターから見えないように、雑誌のラックの陰に隠れながら、再び中年の男の店員を注視する。客の若い女が、早足でコンビニから出てきて、セキコやナガヨシには目もくれず、携帯電話の画面を見ながら去って行く。茶髪の男に何事かを言われたあと、父親は、カウンターにメモ帳を出して、ペンを走らせていた。

セキコは、肩からすべての力が抜けるような大きな溜め息をついて、店の中の様子から視線を外し、ぼんやりと夜空を見上げた。

そうか働くことにしたのか、一応。

「もういいよ。帰ってから言って。切るよ」ナガヨシはそう言いながら、携帯電話を耳から離して、乱暴にカバンの中に突っ込んだ。

「お父さんが帰ってきたんだけど、何を言ったらいいかわからないってさ」
「そっか。でもよかったね」
セキコは、いったん抜きかけた自転車の鍵を錠に戻す。中に入らないの？　という
ナガヨシの言葉に、セキコは首を振って、ここで待ってる、と答えた。ナガヨシは、
じゃあ、あたしもいいや、とあっさりお茶のことは忘れて、自転車のスタンドを蹴っ
て、道路の方にハンドルを向ける。セキコは、緩慢にナガヨシの後をついて行きなが
ら、コンビニのカウンターの中にいた父親の姿を思い出そうとするが、すぐにおぼろ
げな輪郭しか持たないものになってきていることに気付く。
「ほんとさあ、あたしが言うことじゃないけれども」
少し前の方で信号を待ちながら、ナガヨシはセキコに聞こえるように声を張ってい
た。
家族って、いつまでもどうしたらいいかわからないんだよねえ。ほんとにめんどく
さい。
セキコは、少し片目を眇めて、軽くうなずいた。赤信号の残像が、瞼の裏で鮮やか
に円を描いた。目を開けると、信号は青になっていた。ナガヨシは、ゆっくりと走り

始めた。肩は下がり気味で、盛んに首を振っているようだったが、それでも家に帰ってゆく。自分もそんなふうに見えているのだろうか、とセキコは一瞬だけコンビニのある方向を振り返ったが、もう店は見えなくなっていた。溜め息を呑み込み、セキコは少しだけスピードを上げた。

＊六〇頁のクイズは『ポール・スローンのウミガメのスープ』（P・スローン＋D・マクヘール著、エクスナレッジ）を参照しました。

サバイブ

日曜だというのに、クラスの付き合いでサッカー部の応援に駆り出されたはいいが、弱小の部同士の練習試合は掛け値なしに面白くないものだった。帰りに参考書を買うので、と母親から巻き上げた二千円は、見事に全額、試合の感想が同じ友達との茶飲み代に消え、世界一つまんないものを見たよとさんざん盛り上がった後、さてどう言い訳をしたものかと夜道をのらりくらり歩いていたら、気色悪い学生風の男にねちねちと眺め回され、室田《むろた》いつみは毒づきながら家路を急いだ。くそったれの大学生の兄が帰省している家に走って帰ることに、忸怩《じくじ》たるものを覚え、日曜の夜なんてほんとにいいことは何ひとつない、と舌打ちしていると、懐中電灯を構えた地区の防犯運動委員と思《おぼ》しき同級生の母親に、早く家に帰らないと駄目よ、と注意された。だったら塾を十時半とかまでやってることに反対してくれ、と内心で思いながらも、お勤めごくろうさんです、といつみは頭を下げてその場を逃げ出した。

家の玄関に入るなり聞こえてきたのは兄の笑い声で、死なないかな、といつみは呟きながら靴を脱いだ。自室へと向かう階段は、リビングに隣接しており、そこの戸はいつも開いていて、主にリビングを活動場所とするいつみの母親には、娘が帰宅したのかしていないのか常にわかるようになっている。

おかえり、と母親に声をかけられると、いつみは、ああ、とだけ言って階段に足をかけた。

「ああ、って。ああ、って」なにがおかしいのか、兄は笑いながらいつみに向かって顎をしゃくった。「老けたな、おまえ。昔は、ただいまーって走って帰ってきてたのに」

兄の言葉に、最近はお疲れみたい、と母親が応えた。何も言わずに、憮然とした目付きでリビングを見回すと、父親だけがこちらにかまわずテレビのニュースを眺めているのが確認できて、そのことになんとなく安堵した。二対二だ、とやくたいもない考えと承知しながら、そう思った。

「お兄ちゃんのおみやげのケーキ、期限迫ってるから早く食べてね」

冷蔵庫の方をちらりと窺いながら、母親は言った。いつみはそれにも、ああ、と返事をして、階段を上がっていった。二階の床に足をかけると、母さんは太らないからいいけどさあ、あいつはやめといたほうがいいよ、とさもおかしそうな兄の言葉が聞こえた。その、素晴らしい思い付きを話しているという態《てい》の声音には、ほとんど吐き気がしたといっても過言ではなかった。

　自室に戻ると、いつみは、わざと音を立てるように乱暴にベッドへ倒れこんで、深く息をついた。自分が親からかまわれていないと感じたことはあまりない。感傷的な言い方をすると、愛されていないと感じたことはない。しかし、母と兄と自分という関係においては、いつみはどうしても疎外されているという感触しか持てなかった。五つ年の離れた兄が、大学に進学するために家を出たときは、喜ぶというより安堵した。これで心静かに生活ができると思った。しかし、兄は長い大学の休みのたびに実家に戻ってきて、自分の部屋がちゃんとあるというのに、リビングを占領してあれやこれやと母親を使い、母親は母親で、バイトでもしろと諭すわけでもなく、言いなりになっている。

　あいつには友達がいないんだ、と自分を納得させようとしても、大学の連中からの電話は頻繁にかかってきているようだし、休みのうちに何度かは、地元の図体のでかい男どもが家にやってきて、中学生のいつみにもくだらないと思えるようなことを大声で喋り散らしていく。嬉々として彼らの世話をしている母親の背中を見ていると、無性に飛び蹴りをいれてやりたいという気分に襲われる。父親に苦情を言おうにも、仕事で帰りが遅いのと、とにかくいつも疲れた様子なので、声をかけるのははばかられた。

いつみは、カレンダーを睨みつけながら、大学の春休みが終わるまでの日にちを数え、その気の遠くなるような期間の長さに溜め息をついた。自分も大学生になればそのぐらい休めるのだろうかと思いながらも、大学生になっている自分というのも想像できなかった。

カーテンを閉めようと窓辺に立つと、ちょうど町内の見回りに出る時間らしく、門に鍵をかけている母親の姿が見えた。いつみの母親は、全国で頻発する、子供に対する犯罪に心を痛めたこの界隈の父兄が、自主的に展開している防犯運動に参加している。幼稚園の帰宅時刻から中学生が塾から帰る頃合の長い時間帯をフォローする本格的な見回りスケジュールは、地元に事務所を構えている建築士が中心になって考えられたものらしく、彼が防犯運動のリーダー的存在なのだそうだ。

片山《かたやま》さんとこの娘さん、まだ小学生だしね。

べつにいつみが何かを訊いたわけではないが、母親はそう言っていた。中学生のいつみは、小学生とは帰宅時刻が違うし、塾にも通っているので、その「娘さん」らしき子供を見かけたことはなく、実感は湧かなかった。ただ、片山さんというその建築士には何度か、気をつけて帰ってね、と声をかけられたことがあった。片山家には、小学生の女の子のほか、前の奥さんとの間に大学生の娘がいる。なので、女の子を子供に持つ親の気が気でなさについて、片山さんは身にしみているのだろうといつみは認識していた。

うちの両親もある程度はそんなふうに思ってるのかな、といつみはときどき考えることがあったが、それにしても、夜回りに出る母親は、どこか妙に活き活きとしているように見えた。一度、塾を微熱で休んだ時に、外に出る母親の様子を間近で見たことがあったのだが、念入りに化粧直しをしていたのはいいにしても、イヤリングまで付け替えていたのが不思議だった。やっぱり主婦業をしていると、何か外で果たすべき使命があれば浮き足立ってしまうものなんだろうとその時は納得したが、その光景はなぜか、いつみの心の奥に焼き付いた。怠惰にソファに寝転んでテレビのチャンネルをザッピングしているいつみの後ろを横切っていった母親からは、何か心をざわめかせるようないい匂いがした。なんでこのへんの夜回りぐらいでそんなに頑張んの、とは訊けなかった。そんなことを口にできるほど、母親とは親しくないような気が、その時はしたのだった。

いつみはぼんやりと、曲がり角の向こうに消えていく母親の背中を見送って、カーテンを閉めた。階下からは、兄の笑い声が起こったが、父親の声は少しも聴こえなかった。いつみは、顔をしかめてまたベッドに倒れこみ、布団を頭から被った。

週明けの教室は、この年度いっぱいで辞めることになったらしい教師の話で密かに盛り上がっていた。いつみのクラスの英語を担当する佐伯《さえき》先生は、特に目立たない四十前の女性教師で、去年の年末に離婚したとのことだった。彼女は、地味で無駄口を叩かず、淡々と授業をするタイプの教師だったが、ときどきふと、私的な話を生徒に漏らすようなところがあった。一月に入って三度目の授業で、そういやわたし、終業式の日に離婚届を出しに行ったんですけど、窓口がすごく混んでました、と黒板に構文を書きながら言い出したときは、いつみも隣の生徒と顔を見合わせたものだった。佐伯先生に関しては、友達の主婦がマルチに引っ掛かっただとか、最近リネンウォーターの匂いを変えただとか、どうでもいいことを知っている生徒たちだが、離婚をしたという告白にはさすがに衝撃が走った。それはなんというか、離婚という言葉に付きまとう社会的な重みへの反応というよりは、そういえばこのそっけない女先生も妻という立場だったのだ、ということに対する軽いショックだった。

「でもさあ、旦那と別れたら余計、仕事辞められないもんじゃないの、普通」

弁当箱の中のサラダをごまドレッシングであえながら、そんな所帯じみたことを言ういつみに、前に座っている同じクラスの山野《やまの》と橋田《はしだ》は顔を見合わせて、それがさ、それがね、と声を潜めるのだった。

「また結婚すんだって、あの人。今度は主婦になるんだって」

「顧問してる文芸部の子がゆってた」

へええ、といつみが興味深げに目を丸くすると、山野と橋田は、へっへ、とか、あは、などと、軽いが意地の悪そうな笑い声をたてて、顔を見合わせた。何か裏があるのだろうか、といつみが、なによ、なんなのよ、と二人の顔を覗き込むと、二人は一転して真面目くさった顔で続けた。

「旦那と別れたのはね、佐伯先生の心変わりが原因なんだって」

「だから要するに浮気さ」

山野と橋田は、そこまで硬い顔つきで言った後、こみ上げるようにくつくつと笑った。いつみは、へえ、と言いつつも、まったく実感が湧かなかったが、山野と橋田が先ほどから笑っているのは、佐伯先生をどこか女として見下しているところがあるからだということには、かろうじて気がついた。

山野は先々週あたりからぼうぼうしてきた眉毛をほったらかしにしてるし、橋田は甘いものの食べすぎで最近吹き出物がひどいし、きみらだって人のことは言えないだろう、といつみは思ったが、二人は自分のことは省みずに続けた。

「相手はたぶん同じ英語の大場《おおば》だって」

「ありえん」

山野と橋田は、いよいよおかしそうに、机をぱしぱし叩いて笑った。相手の教師について、いつみは授業を受けたことがなかったので、若い頃に留学経験があるだとかないだとか、現地で金髪の女と付き合っていたことを自慢にしているだとかしていないだとかといった、他のクラスの生徒から漏れ聞こえてくるどうでもいい話以外の詳しい人となりについては知らなかったが、外面を見る限りでは、山野と橋田が言うほどありえないことはないと思った。ただ、大場先生は佐伯先生より五つほど年下に見えたし、つりあっているかというとちょっとそうでもないような気がした。

六時間目は英語の授業だったので、いつみは注意して佐伯先生の様子を見守ることにした。さすがに、今までよりは少し女らしくも見えるように感じたものの、特に変わったところはないようだった。前のほうの席から、山野と橋田が交互にいつみを振り返ってにやにやと笑いかけてきたが、いつみは気付いていないふりをした。

抜き打ちの小テストがあったが、前回の授業を復習する程度の簡単なものだった。いつみは改めて、佐伯先生は印象は薄いけれど、教え方は上手なほうで、授業そのものは結構評判がいいよな、とテストの余り時間に思い出した。

生徒から答案を受け取り、佐伯先生が教卓の上でその端を揃えている間は、いつも少しざわざわする。佐伯先生は、それを注意するということもなく、自分の手元に没頭し、特に予告もなく授業に戻り、生徒たちは自然に口をつぐむ。中学生たちの私語をなかなか鎮められない教師はざらにいたが、佐伯先生の前では、彼女自身の静かな佇まいに引きずられるのか、生徒たちは容易に黙り込んでしまう。

その時、佐伯先生は、何か普段よりも念入りな様子でプリントの枚数を数えていた。生徒たちは、居心地悪げにそれを見守り、耐えきれなくなったように小さな私語が始まった。

「今年に入ってから何回目かの授業で、離婚をしたと言ったじゃないですか」

生徒たちの声は、すぐに佐伯先生の細い声に弾かれるように霧散した。

「二十四で結婚した時には、世の中の不幸などなかったことにできるほど、それこそ傲慢といってもいいぐらい、幸せを満喫していました。この人以上の人はいないし、この生活以上の生活はないと思っていました」誰かが鼻をすする音が聞こえた。そんな小さな音が通ってしまうほど、生徒たちは静まり返っていた。いつみは教室を見回し、山野と橋田が無言ながら激しくジェスチャーを交換していることに少し安心した。

「年をとってわかったのは、他人の不幸せというものはやはり存在するということです。そしてそのことに気付くと同時に、自分の不幸にも気がついてしまう。始末に負えないのは、それをただ不満足だと叫ぶ代わりに、いろいろな満たし方を覚えてしまうことです。リーガルな形でも、イリーガルな形でも」

佐伯先生の言っていることについて、反感を感じたり同意したりできるほどは理解できず、いつみはただ混乱した。佐伯先生は、自分が言ったことなど忘れてしまったように、その後も淡々と授業を続けた。いつみは、特に教師の言うことが頭に入ってこないタイプの生徒ではないのだが、塾で先に学習していた部分の授業であったにもかかわらず、どこがわからないかもわからないような有様だった。

「なんなのよあれ」

「なに気取りよ」

かろうじて、次の休み時間に山野と橋田がふくれていたことが救いだった。その二人も、自分と同じように先生の言っていることがわからないようだった。

「そういうこと語る顔じゃないよ。さまになってないんだよ」

「ていうかなに気取りよ」

山野と橋田は、いつみが感じた混乱とはまた違うベクトルの不快さを、佐伯先生から受け取ったようだった。いつみが、先生には先生の人生観があるということか、と呟くと、山野と橋田は、もっと美人のいうことだったら言うこときく、と口々に主張して、すぐにばかばかしいことを言ってしまったと気付きでもしたかのように、とかな、とかな、と明るく笑った。

塾で授業を受けていても、佐伯先生の声が頭の底を這っているように思えた。詳細な内容を思い出すわけではなかったが、佐伯先生の妙に滑らかな声はいつまでも頭の中に貼り付き、いつみを小さく苛《さいな》んでいた。

塾からの帰り道でも、そのことばかり考えていたが、やはりよくわからなかった。やがていつみは、考え事を諦め、いつもそうするように、道路に面する住宅の窓を覗き込みながら、その中で行なわれていることを詮索し始めた。塾の通学路は、小学校の時のそれとほとんど同じで、年月と共にその朝昼の顔と夜の顔を眺めることができているのが、少しおかしかった。

どの家も、だいたいは二階に明かりがついていたが、その中でもひときわ興味をひく窓があった。そこには、昼白色の蛍光灯の白い光でも、白熱電球色のオレンジ色がかった光でもなく、赤いりんごの模様が映し出されていた。足を止めて少しの間眺めていると、りんごはかぼちゃになった。なんでだろ、と少しの間考えて、誰かが小学校で習うセロファン遊びをしているのだということに気が付いた。画用紙をなにかの形に切り抜いて、そこにカラーセロファンを貼り合わせ、部屋を暗くして懐中電灯で照らすその遊びは、自分もよくやったもので、いつみは、何かその部屋の住人である子供に共感を覚えながら、ぼんやりと立ちつくしていた。その窓には見覚えがあったので、ここ誰んちだっけ、と表札を確認すると、防犯運動のリーダーである片山さんの家であることがわかった。するとあの二階の部屋でセロファン遊びをしているのが、小学生の娘さんか、といつみは納得しながら、再び歩き始めた。振り返ると、窓にはバナナとヤシの木が映し出されていた。

今は夜しか通らないので、片山さんの家の人の様子についてはよくわからないのだが、小学生の頃には毎日のようにその家の前を通っていて、同じ頃合に中学校に登校していた長女の沙和子《さわこ》ちゃんとはよく擦れ違ったことがある。沙和子ちゃんは、耳の下ぐらいまでしかない短い髪に、度の強い眼鏡をかけていて、いつもふてくされたような仏頂面をしており、気難しい人だな、といつみは思っていた。しかし、中学生になると、登校の時間にはだいたいそのような顔つきになるようなものだとも理解するようになり、沙和子ちゃんは、てんでばらばらに走り回りながら、そこらじゅうの人の通行を妨害する小学生達を、道の端に寄ってよけてくれるだけましだったと思うようになった。いつみ自身はときどき、あまりに機嫌が悪いときは、その顔つきと態度と年かさであるということで威嚇しながら、小学生の集団の真ん中を突っ切るような中学生になった。ここ数年はめっきり見かけることのなくなった沙和子ちゃんは、高校に入ると、片山さんの前の奥さんのところで暮らすようになり、今は北陸の大学に入ってそっちのほうで下宿をしている、ということを母親か誰だかの噂話できいた。

ふと、この大学の春休みに沙和子ちゃんは帰ってこないのだろうか、といつみは思った。毎朝見かけていただけで、ほとんど喋ったことがない彼女に、佐伯先生の話をしたら何というだろう、などと考えながら、いつみは夜道を急いだ。兄が下宿に戻るまで、帰る家はないような気もしたが、いつみは不安を打ち消すように首を振り、やがて走り出した。

家に着くと、兄の靴がなかったのでほっとした。リビングには母親しかおらず、いつみが帰ってきた様子に気付いたのか、夕食をテーブルに置いているところだった。

「お父さんは残業で、お兄ちゃんは飲み会行ったついでに友達のとこに泊まってくるんだって」

おかえりなさい、という言葉に続き、父と兄の不在の理由について、母親はそう説明した。いつみは、ふうん、と気のない返事をして、顔を洗い、うがいをして、やっと思い出したように、ただいま、と小さく言った。

いつみの好きなシェパーズパイを焼いた母親は、少しワインを飲み、なんというか、浮かれているように見えた。いつみには、なぜそんな様子なのかいまいちよくわからないまま、母親の肩越しに見えるリビングのテレビのバラエティ番組に注意を向けたりしていたのだが、やがて母親が笑いながら言った言葉からその理由がわかった。

「いつみと二人だけでごはんなんて久しぶりね」

それを聞いたいつみは、少し肩をすくめて、お兄ちゃんが帰ってくる前はずっとこうだったじゃない、ていうか、あたしが塾の日はお母さん先に食べてたし、と反論した。母親は、それもそうね、と笑っただけだった。

母親は母親で、あの兄にうんざりしているのだろうか、といつみは思った。あと、年がいくごとに無口になっていく父親にも。いや、今日は寒いし、男二人がいないし、ただ寂しいだけだろう、といつみは、自分の考えに対して首を振った。彼女が自分の家族、ことに男の家族に対してうんざりすることなどないように思えた。

習い事をしたいんだけど、いろいろありすぎて迷う、という母親の話を聴きながら、いつみは、そういえば佐伯先生は離婚したばかりだが、子供はいたのだろうか、とぼんやり考えていた。

「学校の先生がさ、最近離婚したんだけど」母親のめりはりのない話の合間に滑り込むようにいつみが呟くと、母親はすぐに神妙な顔つきになっていつみの話に耳を傾け始めた。「お母さんと同じぐらいの年頃かなあ。なんか、結婚してたっていうこともあんまり信じられないような感じの先生で」

いつみは、佐伯先生の言ったことを、思い出せる限り母親に語った。母親は、ときどき頷きながら、いつみが思い出せない点について、ああ言ったんじゃないの？　とか、こういう感じだったんじゃないの、と珍しく口をはさんだ。母親に対して今まで、人の話を熱心に聴かない人だと思ったことはなかったが、今日の聴き方と比較するといつものは手抜きだな、といつみは思った。

「その先生の言うこと、ちょっとわかるような気がする」母親は、いつみのものより小さい器に盛られたシェパーズパイの残りを、もう飽きてしまったのか、ブロック分けでもするようにスプーンで切れ目を入れながら続けた。「私は幸せだけれども。お父さんは優しいし、いつみも悠希《ゆうき》もいい子だし。友達でも、主婦しながら働いてる子なんかすごい大変そうよ」

いつみは、そうか、あの兄もいい子か、と口を歪めて笑った。母親は、いつみの顔つきを話への傾倒だと受け取ったらしく、更に口を開いた。

「私、これでも学生の頃は結構もてたの」初めて聞く話だが、いつみはさして意外には思わなかった。母は、小作りだがかわいらしいと言ってもいいような顔をしていて、背も少し小さい。いつみは父親に似て背が高く、硬い印象の面差しをしている。「大学の時にはね、すっごい頭が良くてかっこいい人と付き合ってて、でもその人に浮気されて、すぐに別れた。その後入った会社で、お父さんと出会ったんだけどね。お父さんは取引先の人で、とにかく優しい人だった」

母親の目は、いつみを見透かしてどこか遠くを見ているようで、そこにはいつみも兄も父親もいないように思えた。

「大学では絵を描いてたんだけど、もっとちゃんとしとけばよかったと思う。賞もらったりもしたし」母親の話は断片的で、過ぎた時間をまばらにいとおしんでいるように見えた。いつみは、パイの器を探る手を止め、ただ小さく水を啜るばかりだった。

「なんだろう、だからその先生の話に共感するっていうんでもないけど、先生の言うむなしさのようなものが、わからないでもない」

話が終わりに近付いていることと、母親が一所懸命話したことをねぎらうために、目を伏せて何度か頷くと、いつみも大人になったらわかるわ、と母親はワインをあおった。いつみは、どうかな、とだけ言った。本当は、母親が言う大人になるということと、自分が実際に大人になることの間には、大きな開きがあるような気がしたけれど、母親がとても満足そうにしているので、それは黙っていることにした。

「話せてよかった」母親は、空いた食器を手元に重ねながら、感慨深げに言った。「なんか、最近いつみがよそよそしいような感じがして、ちょっと寂しかったのよ。でも、こういう話ができるっていうことは、いつみももう子供じゃないっていうことなのかなあ」

まだ子供ですよ、といつみが自嘲するように言うと、そんな、と母親は笑って、これからはもっといろんな話をしたい、と付け加えた。

自室に戻ってベッドに寝転ぶと、うちの母親の話なら山野と橋田は耳を傾けるだろうか、という考えが浮かんできた。佐伯先生がもっと美人だったら言うことをきく、と遠慮のないことを言っていた山野と橋田だが、根はそれなりに気も遣える人たちなので、友達の母親とあってはそれなりの対応をするだろう、といつみは思った。

ふいに、兄が前に言っていたことが頭をよぎった。

悪くないんじゃないのお、おれら世代のおかんだったらもっと人に見せられないのいるしさあ、年いきすぎてるとかあ。

いつみは、虫唾《むしず》が走るのを感じながらも、その先を反芻《はんすう》した。

よく気いつくしさあ、見た目もまあそこそこだし、家に置いとくにはちょうどいいよなあ。

いつみは、顔を歪めて寝返りを打ち、枕に顔を伏せた。再び、佐伯先生の起伏のない声が頭の中を這い回った。

ふと、イヤリングを付け替えた母親から漂ってくるいい匂いのことを思い出す。リビングにも撒いているあの香りは、冷蔵庫の中にあるフローラルウォーターの遮光瓶を開けたときと同じ匂いがする。

とにかく優しい人、という母の声音が脳裏で再生した。とにかくよく吸い込む掃除機、とにかくよく乾かしてくれる乾燥機、と言い換えようとしたが、うまくいかなかった。

ひとりで電車に乗って、二度も乗り換えたのは初めてだった。それはいつみが特別電車に乗らないわけではなく、いつみが住んでいるあたりの交通の便が、最寄り駅から数駅で県の中心部に直行できるというようなものだったからだ。それに中学生は、学校に塾に忙しい。土曜にも塾はあり、更に日曜に模試を実施する週だってあるので、そう簡単に遠くへは行けないのだ。

その時はまさに、模試のある日曜だったが、受験する教科が少なかったので、午前中で塾は終わった。しかし母親には、夕方まで帰らないと話してあり、そしてその母親は、隣の車両にいる。何をするでもなく、膝の上のバッグに軽く手をかけて、思いつめたようにうつむいている。

いつみは心持ち背筋を伸ばして、乗り込んだ電車が、名前ぐらいしか知らない高級住宅地の駅に入っていくのを自分の肩越しに覗き込んだ。塾用のかばんの上の手書きのメモは、何度見ても同じ内容で、いつみは、電車が走り出してからほとんど半分の時間はその一枚の紙を眺めていた。それは、夜中に起き出して写し取った、自宅の冷蔵庫に貼られていた防犯運動委員のシフト表で、いつみの手によってところどころに赤や青の丸でチェックされている。いつみは、忙しい中学生だったが、できる範囲で母親の様子を観察することにしたのだった。今日でちょうど、プロジェクト開始から一ヶ月がたつ。

青い丸は、母親がちょっとした化粧直しだけで防犯運動に出て行く日で、これには特に法則はなく、一緒に見回りをする人もまちまちだった。だが、きちんと化粧を直し、イヤリングを替えて出て行く赤い丸のマスは、すべて同じ結果を示していた。担当者の欄の、室田という名前の横には、必ず片山という苗字が記されていた。その「片山さん」が奥さんのほうではないことは明白だった。大きな建設会社の総合職についているという片山さんの奥さんは、旦那さんよりも忙しい人で、地元のことにはほとんど興味のない人なのだと、他でもない母の口から聞いたことがある。いつみは、その時の母親の顔を思い浮かべようとしたが、なんでもない世間話をしている女の顔以外ではなかったように記憶している。

いつみは再び紙を見下ろして、こんなに何も感慨がないのならなぜ自分は母親を尾行しているのだろうと考えたが、よくわからなかった。ただ、「買い物にいくついでに」、「主婦のお友達とお喋りをしてくる」のなら、地元のショッピングセンターで事足りるはずだろうと思った。いつみの知るかぎりでは、母親の交友範囲に、こちらの方面に住んでいる者はいない。父親が日曜出勤で、兄が一時的に大学に戻っているという週の半ばに、日曜の予定についてそう宣言され、自然と、あたしの模試も夕方まであるから、昼は用意しなくていい、という嘘が、いつみの口をついて出ていた。その時点では、こんなに遠くまで母親が出てくるということは知る由もなかったが、当たりだった。

当たりっていうのとも違うか、といつみは鼻で笑った。アナウンスが停車を告げたので、母親の様子を盗み見ると、ゆっくりと立ち上がったので、いつみも紙をかばんにしまいこんだ。

母親が降りた駅は、隣の県の中心部だった。いつみにとっては初めて訪れる駅で、興味深さと心細さが膨らみ始めていたが、それを押し殺して、母親のベージュ色のコートに包まれた背中を人ごみの中に追った。

春先の街は、ゆっくりと寒さがひいていくことに安堵し始めたようで、柔らかい色遣いをそこかしこが纏い、いつみの心持ちを浮わつかせた。一人じゃなくて友達と来たかったなあ、といつみはきょろきょろしながら、自分が住んでいる県の人の様子とはまた違う、少しすらりとしているようにも見える女の人たちに道を譲った。いつみは、帰りに行こうと思って場所を調べてきたカフェのある方向とは反対の側に下っていく母親の姿を、何度も見失いそうになりながら追い続けた。いつもとは違う世界で、いつもとは違う視点から眺める母親は、当然ではあるけれども、いつみが知っているのとは違う女の人だった。背は小さいが背筋がよく伸びていて、均整のとれたスタイルは、空間を贅沢に使ったブランドものの服屋や、近代建築風の大きな銀行の入り口や、可愛らしいオープンカフェのある街角に、不思議なほど馴染んでいた。いつみは、もてた、だとか、絵を描いていた、だとか、働いていた、という母親の昔話を、ただ言葉だけで受け入れていたのだが、今は、確かにそうだったんだろう、と実感できた。それは、寂しい、というのとも違うし、素敵、見直した、というのとも異なる感覚だった。いつみが追う母親は、ただ「違う」人だった。それは、別人ということでもあったし、他者だということでもあった。

母親は、市立の美術館の近くの角で、黒い車に乗った。実にあっけない瞬間だった。

運転席には男が乗っているようだった。いつみにはそれが、数える程しか見かけたことのない、片山さんだと思えた。ああ、といつみはほとんど声にしかけながら、はっと息を呑んで目を細め、そのナンバープレートの番号を口の中で唱えた。

　いつみは、母親を乗せた車が去っていった方向を茫然と見つめた後、思い出したように携帯を取り出して、たった今、口にした番号をメモアプリに書き込んだ。気がつくと、自分の立っている場所がどこなのかわからなくなっていた。そのままベッドに倒れこみたくなるほどの疲労が圧《の》し掛かってきたが、時間を確かめるとまだ帰れない時刻で、仕方なしに近くにあったカフェに入った。カフェは、メニューを見て期待したほどではなかった。凝った作りのメニューに載っているデザートの写真は大げさもいいところで、値段ばかり高く、そんなにおいしくもなかった。

　夜遅くに帰ってきた母親が買ってきたケーキのほうが、ずっと良かった。ちゃんと地元でも売られているブランドのもので、周到なのか無意識なのかといつみは考え込んだが、キャラメルとバナナの纏わりつくような甘さに、その悩みは一瞬溶けた。

当然といってはなんだけれど、母親に悪びれた様子はまったくなかった。いつものように家族の世話を焼き、それが度を過ぎて疑わしくなることもなかった。火遊びなのだろうかといつみは思い、その考えへの実感がわかないことに首を傾げた。

塾の行き帰りには毎回のように片山さんの車をチェックしようと心がけたが、なかなかうまくはいかなかった。車庫のシャッターはいつも閉まっていて、車が出発するところを遠くから見たことはあったが、せいぜい色を確認できたぐらいだった。なんにしろ、深入りはしないほうがいいのではないか、と考えもしたが、片山さんの車も平凡な黒という色であったが故に、何か諦めきれないものを感じていた。いつみは、ナンバーを確認する機会を心待ちにするわけでもなく、かといって習慣を断つわけでもなく、ほとんど惰性のように片山さんの家の車庫をチェックし続けていた。日曜日に家から出てくる片山さんの奥さんと目が合い、怪訝な顔をされたこともある。いつみの母親よりは何歳か若い、きれいな奥さんだった。パンツスーツを着込んだ姿が活動的な印象で、娘さんと思しき女の子を後ろに従えていた。母親にはあまり似ていなかった。

その日は土曜日で、体の調子がよくなかった。昨日学校で隣の席の男子がずっと咳をしていて、不穏だからやめてくれと思っていたのだが、その子から風邪をもらってしまったようだった。一度体に入ってしまうと、その菌は隣の席の男子などよりはよほどいつみのほうが居心地がよかったのか、午後には頭痛を起こし咳を誘い、周囲の不興を買った。しまいに講師から、帰ったほうがいいぞ、というお達しを食らい、いつみは塾を早退することになった。

普通なら少しは嬉しいはずだったが、そのありがたみすら感じられないほど、いつみは弱っていた。ときどき休みながら歩道の端を歩き、普段より倍は長く感じられる家路を急いだ。いつもは、片山さんの家が見えてくると、反射的に緊張するのだが、その気力もなかった。どうせいつ見たって閉まってるし、と課題を放棄しかかっていると、ふいにゆっくりとシャッターが開く音が聞こえた。いつみは立ち止まり、息を潜めてその様子を見守った。動悸は早まり、膨らんだように感じる眼球は熱い湿り気を帯び始めた。黒い自動車が、のっそりと道路の様子を窺うように顔を出し、滑らかに右に曲がった。いつみは、がっくりと俯き、自らの心をとりなすように、口元を歪めて笑った。薄闇の中で、ひとときき緑色の光を放った数列は、いつみが頭の中に留めていたものとまったく一致していた。

くだらん、といつみは呟いた。足は自然と、自宅とは違う方向に向いていた。駅前のコーヒーショップに腰を落ち着けて、とにかくいろいろなことを咀嚼しようとしたが、喫煙席のすぐ隣の禁煙席ではすぐに気分が悪くなった。いつみは早々に店を出て、ドラッグストアで風邪薬とミネラルウォーターを買い、その場で飲んだ。少しかすみ始めた目で風邪薬の瓶の注意書きを読むと、眠くなるから服用後の運転はやめろと書いてあった。

どこにも行き場がなくなってしまったいつみは、結局家路に着いた。リビングの電灯は煌々と輝いていて、いつみの目をひりつかせた。微かに滲んだ涙を指で拭いながらドアを開けると、玄関には、見慣れないスニーカーがきちんと揃えられて置かれていた。どこかに電話をかけているものと思しき母親の声が、廊下にまで聞こえた。何か切羽詰っているようで、ならすぐに来てくれる？　ちさとちゃんが不安がってて、と訴えていた。

リビングのソファには、兄ではなく女の子が座っていた。短い真っ黒な癖毛をふわふわさせ、両手を膝の下に敷いて所在なげに足踏みしていた。いつみは彼女のことを知っていた。片山さんの下のほうの娘さんだった。

人の気配を感じたのか、廊下のほうを向いた女の子と目が合ったが、いつみは視線を逸らして会釈した。女の子も会釈を返した。大人のまねをする子供の仕草だった。電話を終えた母親は、いつみに気付いて、おかえり、と言った。

「ちょっとだけ、ちさとちゃんの傍にいてあげてくれる？　すぐにさわこちゃんが来てくれるから」

すぐにって、沙和子ちゃんは帰省してんのか、でもなんでうちに来るんだ、といつみはぼやけた頭で考えながら、風邪をうつしてしまわないように少し離れて、言われるままに無言で女の子の横に座った。女の子がそこにいる理由について、ピアノ教室の帰りでどうとか、かばんがどうとか母親はいろいろ説明してくれたような気がするが、まるで水の中で話を聞いているようで、うまく頭に入ってこなかった。

ドアホンが聞こえるまでの間、いつみはただ女の子の傍にいて座っているだけの人間だった。女の子はときどき、ソファの肘かけにぐったりともたれているいつみを見上げて、だいじょうぶですか、と声をかけてきたが、そのたびにいつみは、だいじょうぶ、と呟きながら、ぐらぐらと頭を動かした。

　母親がドアを開けに行っている間に、いつみは立ち上がってリビングを出た。女の子はもう一度、だいじょうぶですか、と訊いてきた。いつみはそれには応えず、階段をのろのろと上っていった。二人分の足音が聞こえて、沙和子ちゃんが家に上がってきたのがわかった。いつみは階段の上から、久しぶりに見る沙和子ちゃんの姿を覗き込んだ。セルフレームの眼鏡をかけていたのは相変わらずだったが、髪が肩の辺りまで伸びていて、少し女らしくなっているように見えた。

　いつみは、階段の最上段に座って頭を抱えながら、母親と沙和子ちゃんの話を聴いていた。女の子は、変質者にでくわしてしまったのだという。いつみの母親がたままそこに通りかかり、彼女を助けて家に連れて帰って来たのだそうだ。

　いつみは目を閉じて、自分がこれからしなければいけない話のことを思い、どうしても今日なのか、と自問した。母親の声音が、興奮に上ずっているように聞こえた。沙和子ちゃんの相槌は、何か戸惑うような鈍さを含んでいた。別に今日でなくてもいい、といつみは思った。とにかく、薬の金をもらおう、倍額もらおう、前にかかった交通費もあるし。そう思いながら、いつみは階段から立ち上がって、自室のドアを開けた。ノブの冷たさに腕が震えた。

＊

少々のことで取り乱すタイプの子ではないのは知っていたが、沙和子が思っていた以上に千里《ちさと》はやはり落ち着いていた。それよりも、千里を助けてくれた室田夫人のほうが興奮しているように見えた。

「なんか、大学生みたいな男だったわ。若い男。こう、背が高くて、本当に怖かった」室田夫人は、手元に置いたティーカップにはほとんど口をつけず、ソファから少し身を乗り出すようにして、沙和子に訴え続けた。「千里ちゃんのかばんの取っ手を、こんな感じで、引っ張って、公園のほうに連れていこうとしてた」

そう言いながら室田夫人は、千里の傍らに置かれたピアノ教室用のバッグを緩《ゆる》く肩にかけて、もう片方の手でその取っ手を引いた。千里は、憮然としているようにも見える顔で夫人を少し見上げた後、ティーカップに口をつけて、中身が苦かったのか眉をひそめた。沙和子は、砂糖の容器をテーブルの上に探したが見当たらず、そんなことにも気を配れないほど興奮しているのだろう、と室田夫人の様子について解釈した。

年の離れた妹の千里が、ピアノ教室の帰りに変質者に遭ってしまった、という報は、父の家を訪れて荷物を下ろした瞬間に入ってきた。中学まで暮らした家に帰ってくるのは、数ヶ月ぶりのことだ。今日は義母である千花《ちか》の帰りが遅いらしく、自分も絶対に抜けられない会議に参加しないといけないので、千里の面倒を見てほしいと父親に頼まれたのだった。千里が夜ひとりで留守番をすることに慣れているのは家族の間では周知の事実だが、父親は、顔が見たいだかなんだかで、あえて自分のことを呼んだのだろう、と沙和子は考えていた。そろそろ母親の実家にも飽きてきた頃合だった沙和子は、父親の誘いにとりあえずのることにした。

「大声を出して、携帯で警察を呼ぼうとしたら、走って逃げてったわ。千里ちゃん、怖かったのかして、その場にへたり込んでしまって」千里は、室田夫人の言葉に同調するように、少し遅れて小刻みに頷いた。「ほんとに怖かったわね、よく頑張ったね」

そう言いながら夫人は、千里の肩を抱き寄せて頭をなでた。千里の硬い表情が、少しだけほぐれたように見えた。室田夫人の自然な親愛の仕草に小さく驚きながら、本当にありがとうございました、と深く頭を下げると、いいのよ、当たり前のことよ、そんなの、と夫人は謙遜した。

何度も何度も頭を下げてお礼を言いながら、息子はいけすかない男だったけど、この人はいい人なのかなあ、と沙和子はぼんやり考えた。まあ自分が大学生になったのなら、ムロタも大学生になったということだ。いつまでも昔を引きずるのは良くない、と沙和子は一瞬聞き逃していた室田夫人の話に愛想笑いを浮かべた。北陸の方は寒いでしょ、だとか、向こうの生活にはもう慣れた？　などと、帰省のたびに尋ねられることへの答えを丁寧に繰り返し、室田夫人がいちいち感心することにも、やっぱりなかなかいい人かも、という感想を沙和子は抱いた。

そんなふうに、なんとなくゆるんだような気持ちになるのは、夫人の気安さもあるけれども、リビングに漂うローズウッドの香りも一役買っているのかな、と沙和子は分析した。先月失恋した直後は、毎日のように下宿の部屋で精油をたいてただぼうっと過ごしていた。そのときによく使っていたのがローズウッドで、あの時は本当にバイトにしか行かないぐらい毎日ぐだぐだ暮らしていたから、今も反射的に気が入らなくなるのだろう。脳裏に、先日別れた男の顔が浮かんだが、今はもう平気だ、と沙和子はその像をもてあそんだ。

室田夫人から解放されたのは、沙和子が室田家を訪れて一時間もしてからだった。

沙和子への質問が終わると、室田夫人は、自分や自分の子供たちの話を始めた。沙和子ちゃんはたしか悠希と同級生よね。悠希は今東京の大学に行ってて、公務員になるための専門学校にも通ってるから、バイトはしてないの。それでも一人前に彼女だけは作ったりして。いやよね。でも沙和子ちゃんはしっかりしてそうで何より。そんなまた、勉強はこりごりって。そうね、悠希の勉強熱心なところだけは見習いたいと思うわ。あたしも何か習い事しようかなあって。

夫人の話は、永遠に続くようだった。沙和子は、何か夫人をとりまくかすかな寂しさに触れてしまったような気がして、千里を助けてもらって大いに感謝しなければいけない手前、とてもばつがわるかった。

やっぱりずっと一人で家にいることは寂しいものなんだろうか、と思いつつ、本当にありがとうございました、と最後の礼をし、千里の背中を実家の方へと軽く向けた。千里も、何度も拙いお辞儀を繰り返していた。

千里と並んで町内を歩くのは久しぶりのことで、沙和子は不思議な気持ちになりながら、何か千里にかけられる言葉を探した。怖かったね、びっくりしたね、と、何度も頭の中で反芻したのに、出てきたのはまったく違う内容だった。

「おみやげ買ってきたから食べよ。あんこ味のコロン」千里が、少しだけ自分を見上げたような気がした。「地元にいたらなかなか手をつけないからさあ、ちっちゃいの六個入りのやつ三つも買っちゃった」

千里が、へへっという笑い声を立てた。沙和子は、胸の中に溜まった息を、ゆっくりと吐き出した。それで千里が遭遇した出来事を帳消しにできるとは思わなかったが、少しは気持ちを軽くすることができればいい、と沙和子は願った。

けっこうしゃべる人だったよね、と室田夫人の印象を呟くと、千里が、うん、と同意する声が聞こえた。あんまり、そんなふうには見えないんだけどな、と沙和子が言葉を重ねると、なんか、お部屋の芳香剤とかのコマーシャルに出てくるような感じの人だね、と千里が言った。なかなか細かいことを言うなあ、と肩を小突くと、千里はまた、へへっと笑った。

沙和子にとって、千里という九歳年下の異母妹はそれほどやりにくい存在ではなかった。高校生になると同時に母親のところに引っ越したので、一緒に暮らしたのは千里が小学校に上がる前までだったが、扱いが難しいと沙和子が先入観を持っている高学年になった今も、昔と同じように接することができるような気がした。実の母親と入れ替わりに、新しい母親が家にやってきて、彼女のおなかに赤ちゃんがいると知ったとき、まだ十歳にも満たなかった沙和子は、その子に精一杯優しくしようと決めたのだった。その気持ちは今も続いていて、沙和子がそう願う限り、千里とはうまくやっていけると思っていた。

「あたしさ、ふられたんだよ。あっちのほうでさ」千里には言っても仕方がないことだと知りながらも、沙和子は、沈黙の間を埋めるように、さえない近況を語り始めた。

「あんたもさあ、気をつけなよ。まだ早い話かも知れないけどさ。男ってさあ、付き合い始めてからほんとに変わるもんなのよ。笑っちゃうぐらいえらそうになる。太ったとか髪いたんでるとか。小学校の学級会でさあ、そういうこと女子に言うのやめましょうってやるよね。自分は不摂生してすごい吹き出物出てて腹とかたるたるなのに、ばかみたい。まあどうでもいいけどさ、どうでも」

千里が、鼻で笑うように息を吹いた。沙和子は、小学生の子を前に自虐する自分を情けなく思いながら、次のネタを探したが、こんなこと聞かされても困るだろうなという考えがよぎり、なかなか言葉を継ぐことができなかった。信号待ちの交差点に吹きつけた冬の終わりの風が、自分と妹の間を隔てたような気がして、沙和子はそうではないと確かめるために、室田家から出てきて初めて千里の方を向いた。

千里は、歯を食いしばって歪んだ顔の半分を隠していた。こわばった顎には、涙が貼りついていた。千里の怒りや恐怖が、自分の心に向かって投げかけられたような気がして、沙和子は眉を寄せた。ためらいながら千里の両肩に手を置き、長いこと言葉を捜して、沙和子はやっと口を開いた。

「もう大丈夫だから」千里は、顔を半分隠したまま、ぎこちなく頷いた。「今度現れたら、あたしが追い払うから」

千里は、今度は笑うことも頷くこともなく、口の端から押し殺したような嗚咽《おえつ》を漏らした。信号が青になっても、沙和子は歩道の縁にしゃがみこんで、千里が泣くのを見守っていた。


沙和子が思ったほど、千里はぐずらなかった。次の青信号が点灯する頃には、千里は鼻をすすりながら、無言で横断歩道を踏んでいた。かける言葉もなく、しかしそうすることが必ずしも得策でもないのだと考えながら、沙和子は千里の少しだけ後ろを大股で歩いて帰った。

帰宅して人心地つくと、猛烈な空腹感が胃の中で膨らんだような気がした。そういえば、父親の家に着いてから何か食べようと思っていたので昼は簡単なものにしたのだということを思い出し、沙和子は冷蔵庫を開け、手っ取り早く食べられそうなものを探した。

「なんにもないよ。学校から帰ったときに中見たけど」

千里は、冷蔵庫の中をあさる沙和子にそう声をかけた。千里の言うとおり、冷蔵庫の中は空にも等しかった。千花は、料理をしない人というわけではないのだが、仕事が忙しいときはたびたび、コンビニの弁当などを持ち帰ってそれを夕食にしてくれということがあった。コンビニの弁当が嫌いではない沙和子は、そのこと自体に感傷的な不満をもったことはなかった。

おなかすかない？　と千里を振り向くと、千里は少し迷ったように首を傾げて、うん、とうなずいた。どっと疲れが押し寄せてきて、買い物に出るのも面倒な気がしたので、沙和子は、二合分ほどある冷めたご飯の入った器を取り出して、とりあえず温めることにした。台所周りを調べると、封を切ったばかりのお好み焼きのソースがあったので、それと冷蔵庫の中に残っていた卵二つを使って炒飯を作り、千里とダイニングテーブルで向かい合って食べた。そんな粗末な食事にも、千里は、おいしいという感想を述べたので、どこがだよ、と沙和子はスプーンを振った。千里は笑った。

「そういやね、室田さんは、なんだったらあたしのこと泊めてくれるつもりだったらしいよ」食後に沙和子が買ってきたお菓子のお土産を食べながら、千里はそう言った。「今日はお父さん大事なお仕事なんだよね、って。お母さんもいないし、って。でもあたしが、姉ちゃんが帰ってくるからって言うと、電話かけるわって」

「なんなの、うちであたしといるより室田さんとこの奥さんといたかったの」

地元で家業の居酒屋を手伝っている友達からの、戻っているなら飲みに来いというメールに返信しながら、沙和子は千里をそうひやかした。違う違う、と千里は笑って続けた。

「じゃなくて、なんでうちのおとうさんがいないこと知ってたのかなあって」千里は、テレビのチャンネルをザッピングしながら沙和子のほうを見て、少し肩をすくめた。「まあ、おとうさん最近よく防犯運動行ってるからなあ。おとなの人たち、皆それで結構仲良しになったらしいよ」

「子供同士はそうでもないのにね。町内なんてのは」

沙和子は、室田家の長男のことを思い出し、そいや妹もいたな、とその顔を心に浮かべようとしたが、忘れてしまっていた。どのみち、そんなことは今もこの先もどうでもいいことのように思えた。

平日の夜の居酒屋はとてもすいていて、沙和子がカウンターでひたすら喋っていても、誰にも不都合はないようだった。千花が思ったより早く帰宅したので、沙和子は、メールの誘いにのって、友達の母親が経営している韓国風居酒屋を訪ねた。

「部屋が散らかってるとかはまだありとしてさあ、おととい と同じシャツ着てたとか、そういうこと言うんだよ。ほっとけよなあ」

氷が溶けてきた柚子チューハイは、沙和子が期待するほどまわってはくれなかったが、とりあえず少し大声になる言い訳にはなってくれた。

つくづく口うるさい男だった。人間にはね、ある点は気にするしある点は気にしない人がいるの、その組み合わせの集合でしかないの、あんたはあたしの部屋が散らかってることが気になるけど、あたしはあんたが部屋にラッセンの絵を飾ってることが、すっごいすっごい気になるの、でも何も言わないでしょ？　何度そんなことを言ってもわかってくれない男だった。しまいに男は、親友だと思っていた友達に寝取られて、沙和子はいちどきに彼氏と友人を失った。居酒屋の店主の娘で、短大に通いながら店を手伝っている橋田《はしだ》友里《ゆり》は、他の数人の客の給仕もそつなくこなしながら、沙和子の話に付き合っていた。

「あたしの今の人は、月に一回は携帯の中見たがったりするけど、そういう細かいことは言わないなあ」

「普通言わないよ、普通」沙和子は、チヂミを箸でたたんでたれに浸しながら、片目を眇《すが》めて首を振った。「おばはんだよあんなの。それも口うるさいおばはん」

沙和子の言葉に、友里は声をたてて笑った。沙和子は、それに誘われるように悪態を更に重ねた。

「何がむかつくってさあ、浮気相手、って要するにあたしの友達だけど、その子には言わないらしいの、そういうこと。なんかさ、二人して話あるからってあいつの下宿に呼びつけられたときさ、根掘り葉掘り訊いたよ。その子と二人にしてもらってさ。

腕肉摑まれて嫌味言われたことある？　って。そしたら、ない、って」

　友里は、ははあ、と顔を歪めて、どんな女なのそいつは、と沙和子の傍らにナムルの小皿を置いた。

「あたしと変わらないよ、そんなに。素材自体は。もの自体は」そう言って沙和子は、は、といなすように笑い、うつむいた。「素は。でもまあ、人から大事にされんのがうまいって感じだった」

　あたしもなんつうか、テストのこととか、よく面倒見た、と何か恥じているように沙和子が続けると、友里は、そっか、そっか、と頷きつつ、店内を見回して様子を窺った。沙和子は、溜め息をついて、片手で頭を支えながらチヂミを口に入れた。タレが少したりないような気がしたので、ちょっとたしてもらっていい？　と顔を上げると同時に、背後で乱暴に戸が開く音がした。来やがった、という友里の呟きに、沙和子は振り返って、うるさく店に入ってくる見覚えのある顔の群れに、唇を歪めて頭を抱えた。一つ舌打ちし、いらっしゃいませえ、と元気よく言った後、友里は沙和子の肩を叩いて接客に向かった。沙和子は、深い息をついて柚子チューハイをあおった。中学の同級生と思しき男ばかりの一団の中には、室田悠希の顔もあった。

この年になってもつまらない男を好いたあげく、ひどい目にあって後悔している、と中学生の自分に言ったら、もう人をよく思うことなどなかっただろうか。

室田悠希を含めた同級生の男の集団は、座敷の中ほどに陣取り、橋田、また来てやったぞ、感謝しろよ、と口々に言いながら友里の肩や背中を叩いた。友里は、先ほど見せたうんざりした表情の欠片《かけら》も残さず、今日は何にしましょ、と男達の手から巧みに逃れて笑った。沙和子は、カウンターの上で腕を組んでうつむき、こいつらなんも変わってない、と心中で吐き捨てた。

音楽の授業で隣同士になったときは、とても感じのいい男子だと思っていた。いつも楽しそうに前後の友達とふざけあっていて、女子とも分け隔てなく話をする明るい生徒だった。その事実じたいは卒業の時まで変わらなかったが、その頃にはもう、ムロタの顔など見たくもなくなっていた。声が聞こえるだけで汗が滲むようになっていた。

誰か好きな人はいるか、いなくても、一番ましだと思える男子は、という女同士のよくある質問に、軽い気持ちでムロタだと答えた。それがなぜだか本人にまで伝わり、片山沙和子は室田悠希がとても好きだという話に化けてしまうのに時間はかからなかかった。理解できなかったのは、どうもその脚色をムロタ自身が行なったらしいということだった。そのように話を改竄《かいざん》した上で、沙和子がインフルエンザにかかって数日学校を休んでいるうちに、片山などごめんだ、あんな男みたいな女は嫌いだ、あんなブサイクなど問題外だ、とムロタは学年中に言いふらした。

そのことを知ったときに背中に滲んだ汗の冷たさを、沙和子はいまだ覚えていた。きっとムロタは、テレビを見ている時のような調子で、あいつが？　おれと？　ありえん、と笑い転げてみせたのだろう。そんな想像をすると、胃が裏返るように痛んだ。それでも依然として、音楽の授業では隣同士のままだった。その出来事以来、ムロタは前後の男とそれほど大きな声で笑いあうことはなくなり、代わりにひそひそと耳打ちをし合って、かすかないやらしい嬌声をたてるようになった。沙和子にとってそれは、世界でいちばん醜い雑音だった。

不登校になりたいと沙和子は毎日のように願ったが、千花の手前、それはできなかった。頼み込めば学校を休ませてもらえるだろうとは思っていたが、やはり千花が継母であるということへの遠慮が勝った。千花と折り合いが悪いわけではなかったが、いやなことがあったら大手を振って学校をさぼるために、高校は母親の実家から通った。しかし、千花への引け目以上に、実の母親の生来的な愚痴っぽさや、父親や千花、その娘にまで及ぶ厭味を一人で被ることは厳しく、大学は地方の学校を選んだ。それなのに今度は、大学のある町から逃げて故郷に舞い戻っている。

沙和子がいやな思い出を反芻している間、ムロタらの話は盛り上がりへと差し掛かっていた。もう子供いるんだよな、あいつ、中学の頃からは想像できないな。それはな、でも顔悪いからさあ、年上の余ってる男つかまえて子供作ってくっつくんだって。あああああ、言えてる言えてる。三十いって余ってる女なんか問題外だけど、おれらぐらいで結婚してる女も要注意だな。子持ちの女はおれらとは関わらないだけましだって。わからんよ、浮気したくなって出会い系に登録したりしてるかも。

目立たない、気の弱い女の子だった、と沙和子が記憶しているその同級生について、ムロタ達はかしましくそう評し、大きな声で何の呵責《かしやく》もなさげに笑った。沙和子は、自分のことを言われているわけではないのに、頬が熱くなり、頭蓋の中で脳が膨らんだように痛みを感じた。

帰るわ、お勘定いいかな、と告げると、カウンターに戻ってきた友里は、ムロタの一団と沙和子を見比べて、納得したように頷いた。あとどのぐらいいいんの、明日でもあさってでもいいから、閉店した後来てよ、と目を伏せてレジを打ち、合計金額を半額にしながら、友里は言った。いつまで父親の家にいるのかは決めていなかったので、どうかな、と沙和子はごまかした。

入り口の戸を開けながら手を振ると、ムロタのいるテーブルの連中の一人と目が合った。男はすぐに目を逸らして、隣にいたムロタに何事かささやいた。沙和子は、乱暴に戸を閉めて、夜道を足早に急いだ。マフラーを忘れてしまったことに気付いたが、彼らの言うことの先を知るぐらいなら、春先の寒さに凍《こご》えたほうがましだと思った。

帰宅すると、パジャマ姿の千花がワインを飲みながらテレビを見ていた。十一時を少し回ったところだったが、父親はまだ帰っていないようだった。帰りました、と会釈すると、千花は、おかえり、寒かったでしょ、と少し潤んだ目を沙和子に向けて、自分が着いているテーブルのほうへと手招きした。

「千里のこと、ごめんね。迎えにいってもらって」

沙和子が椅子に腰掛けるのと入れ替わりに千花は立ち上がって、戸棚からワイングラスを出し、沙和子を振り返った。飲んできたんでいいです、と答えると、千花は、そう、残念、と肩をすくめ、つまみにしていたオリーブを勧めてきた。

「防犯運動やってんのに、変質者出るなんてね。形無しだよね」

千花は、グラスに残ったワインを飲み干し、顔を上げて小さく溜め息をついた。

「そういう意識が浸透してるから、室田さんもさっと千里ちゃんを助けてくれたんじゃないかなあ」

沙和子がそう言うと、千花は、そうかもね、と気のない様子で同意した。交番には行きました？　と沙和子が訊くと、千花は、小さく何度か頷いた。

「細かく、いろんなこと訊いてくれたわよ。でも千里はなんか、とろくさくって。男の人相とか、ほんと何にも覚えてなくて、おまわりさんも困ってた」

「そりゃ怖かったんだし、そんなもんじゃないですか」

「それはそうだけど、でもあたし、電車で痴漢に遭ったら必ずその男の顔も服装もチェックするし、それ以前に、痴漢！　って言うもん。そしたら相手すんごい顔するわよ、死にそうな。そんでもちろん次の駅で駅員に突き出す」

千花は、小気味よさそうに笑いながら、小皿の上に置いたオリーブをつまんだ。沙和子は、すごいですね、でもまあ話が違うかも、という言葉を呑み込んで、テレビの画面を一瞥した。

「息が臭かった、声がぬめってた、なんて、なんの証拠にもならないし。とりあえず、指紋取りますからって、かばん預けて、そのぐらいかな」

「充分ですよ」

沙和子は、こらえ切れなかったあくびを噛み殺すために顔を伏せた。ごめんね、眠かったら寝て、と千花は言ったが、沙和子は、いやいや、と手を振り、自分ひとりではめったに食べない、少し高価そうなつまみをもらい続けた。居酒屋にいた時間が意外と短かったのと、ムロタ達が入ってきて気が気ではなかったのとで、空腹さえ感じていた。

「千里ちゃんから聞いたけど、お父さん、今日接待かなんかですか、遅いっすよね」

あまりに千花のつまみを奪ってばかりいるのもなんなので、申し訳程度にそう気にしてみせると、千花は溜め息をついてグラスにワインを注ぐ。

「来年の八月に建つ超高層の打ち合わせの会議と、その会議が終わったことの打ち上げ」千花は、どこか意識して心なく答えているように見えた。「まあ、外に出ててくれるほうが安心よ」

なんでですか？　と沙和子が訊くまでもなく、そのほうが他の男の人が横についてくれるからね、と千花は続けた。男がついていたらなんなんですか、と沙和子が訊き返すと、千花は小さく鼻で笑って、だってそれだったらよく行って風俗じゃないの、と答えた。

「まああの人が今してるぐらいの仕事に関わってる人で、会議終わりで風俗ってのはないでしょうけどね。キャバクラにでも行ってるのかな」千花の言葉つきは、なにか自嘲するような響きと、無理にいなすような不穏さに満ちていた。「そのほうがいいわ。地元の奥さん連中と仲良しこよしされるよりは」

千花が遠まわしに言わんとしていることが、沙和子にはだんだんわかってきた。ここらへんの奥さんたちがそんなリスキーな火遊びしないと思いますけど、と沙和子がいさめようとすると、千花は顔を歪めて沙和子に向き直った。

「自分のしたことを裏書されるような感じ、わかる？」沙和子は唾を呑んで、いえ、とだけ答えた。「もしそんなことがあれば、沙和子ちゃんはざまみろって思うんでしょうね。お母さんからお父さんをとったあたしに」

千花の瞳は、暗く燃えて煤をまとったようだった。沙和子は、椅子の背もたれに背中を押し付けて、軽く顔をしかめた。じんわりとひりつくような感覚が胸に広がり、自分はそんなふうに考えていると見られていることに傷付いたのだと悟った。そんなことないっすよ、と乾いた声を絞り出すと、千花はしばらく、光のない見透かすような目で沙和子を見ていたが、やがて目を伏せた。深追いはしないことにしたようだった。

「変なこと言ってごめんね」千花は頭を振って立ち上がった。正面からだと、その自信に満ちた表情の力もあってかまだ若いように見える千花だったが、横顔はまったく年相応であることに沙和子は今更ながら驚いた。「申し訳ないんだけど、部屋がなくて。だからリビングのソファで寝てくれる？　いちおうソファベッドっていう態で買ったやつだから、そんなに悪くないと思う。先月買ったのよ。布団とってくるわ」

あたしもときどき寝てしまうんだけど、けっこう寝心地いいわよ、などと笑いながら、千花はダイニングを出て行った。沙和子は、その後ろ姿をなんともいえない気持ちで見送りながら、溜め息をついた。帰ってきてすみませんでした、と言いたかったが、そんなお互いが傷付くことを言っても仕方がない、と口をつぐんだ。

新しいソファベッドの寝心地はなかなかのもので、沙和子は思ったより長く眠り込んでしまい、起きたのは昼過ぎだった。平日だったので、千花と千里の姿はなかったが、ダイニングのテーブルの上には、おにぎりとインスタントの味噌汁の袋が入ったお椀が置いてあった。千花が作ったおにぎりを食べるのは何年ぶりだろう、と考えてみたが、前に食べた日のことはまったく思い出せなかった。テレビの昼のワイドショーを見ながら沙和子は、千花が昨日言っていたことについて思いをめぐらせていた。

父親は、誰にでも優しい人だった。他人の面倒をよく見て、自分の手の内や弱さもさらけ出すことのできる柔軟さを持った人だった。そういった認識は、沙和子自身のものではなく、主に実の母や千花の口ぶりから芽生えたものだったが、それでも沙和子は、それを嘘だとは思っていなかった。できる限り好きにやらせてくれて、くだらない相談にものってくれる、いい父親だった。十年前、まだ会社勤めをしていた父親が、母親と離婚したすぐ後に部下の千花と結婚してからも、それは変わらなかった。誰も沙和子には言わなかったが、父親と母親の離婚の原因が、結婚していた時分から続いていた千花との関係にあることは明白だった。それでも、沙和子にはいい父親だった。それはいつまでも変わらないことだと、沙和子は思っていた。

食器を片付けた後、顔を見せておいたほうがいいだろう、と思いつき、沙和子は、父親が一人で仕事をしている一階の事務所へと降りていった。心のどこかで、接客中であることなどを期待していたが、父親は、デスクに置いた書類を前に、椅子にもたれて手を頭の後ろにやり、目をつむっていた。お父さん、と沙和子が声をかけると、ゆっくりと目を開けて、久しぶりだな、と手招きした。沙和子は、父親のデスクの横の空いたスペースにパイプ椅子を開き、腰掛けた。ちょっとは立ち直ったか、と父親は戸棚からティーカップを出し、紅茶を注いで、沙和子にわたした。熱すぎず冷めてもおらず、ちょうどいい温度の紅茶に口をつけながら、沙和子は小さく何度か頷いた。

先月かかってきた父親からの電話で泣いてしまったのは、ここ何年かで一番の失態だった。これで身軽になった、と喜びさえしていたのに、心には大きな穴が空いたようだった。そんなときに、いつも心配してるよ、などと言われて、実の親の社交辞令だとわかりながらも、沙和子は感じ入らずにはいられなかった。漠然と、もう誰もそんな言葉を自分にかけてくれることはないだろうと、そう思っていたのだ。受話器越しに、ひどい男だな、という父親の溜め息が聞こえたその時、沙和子は自分が泣いているのに気がついた。沙和子の打ち明け話を、父親は何の口もはさまずに聴いてくれた。父親に自分の恋愛の話をしたのは、初めてのことだった。

「ちょっとは元気になったか？」

そう父親に訊かれ、沙和子は深呼吸して、ちょっとはね、と息を吐き出した。芳香剤でも置いているのか、微かないい匂いが鼻をつき、沙和子は首を傾げて目をつむった。

「ご飯も作ってあげたし、毎日椿の油を髪に塗ってた」

首をすくめながら沙和子が言うと、父親は、ははは、と笑った。沙和子はまた溜め息をつくために息を吸い、微かな震えが体を駆け抜けるのを感じた。昨日の千花の投げやりな様子が脳裏をよぎり、沙和子はもう一度息を吸った。本当に、目を閉じなければわからないほど微量だったが、父親からは近いうちに嗅いだことのあるローズウッドの匂いがした。

「男はそいつ一人じゃないよ。またいいのが見つかるさ」

沙和子は、ぎこちなく頷きながら、事務所を見回して、香りを放つアロマポットの類を探したが、見つからなかった。壁には、防犯運動のシフト表が貼ってあり、片山というところには蛍光ペンのマーキングがあった。沙和子がそれをじっと見ていることに気付いたのか、今日も行ってきたよ、と父親は言った。上の空で、昼間っから行くもんなの、仕事は？　事務所はお父さんだけなのにさ、と訊き返すと、誰がいつ来るかは大抵わかってるし、急な仕事のときは他の運動員さんに代わってもらってるよ、と父親はどこか誇らしげに答えた。

「子供が危険なのは夜だけじゃないしね」

腕組みをしてシフト表を見上げる父親を一瞥して、沙和子が、楽しい？　と口にすると、楽しいって、そういうんではないよ、と父親は答えた。そういうんではないか、と沙和子はぎこちない笑みを浮かべて立ち上がり、パイプ椅子をたたんでキャビネットとキャビネットの間に滑り込ませた。大学はどうだ、という父の声に、沙和子は片手を上げて事務所を後にした。

なんでうちのおとうさんがいないこと知ってたのかなあって、という千里のあどけない声が脳裏をよぎった。もちろん、そういったことと、父から室田夫人の家と同じ匂いがしたのは何かの偶然かもしれないし、そうでなかったとしても、それが千花の危惧していることを直接意味しているわけでもないことはわかっていた。しかし沙和子は、最近男に捨てられた女としての既視感を、父親に感じた。それは、母親でない女の人を愛している父親を見つめる娘の視界とも重なりあうものだった。

もしかしたら、自分が浮気をしながら、あたしが恋人を寝取られた話を聴いてたのかな。

沙和子は脱力した。ここに来るべきではなかった、と思った。

リビングに戻り、ほとんどない荷物をまとめていると、ただいま、という声がして、ランドセルを背負った千里が、こちらを覗き込んでいた。振り返った沙和子と目が合うと、千里は少し驚いたように眉を上げた。よっぽど妙な顔をしていたのか、と沙和子は頭を振って目をこすった。何かがこれから起こったとして、この子はどこまで知ることになるんだろうか、心を痛めることはあるだろうか、と沙和子は思った。するとたまらなく、千里が哀れに思えてきた。千里への憐憫が、過去の自分へのそれをも意味することを沙和子は自覚しながら、手帳に携帯電話の番号を書いて破り、突っ立ったままの千里へと歩み寄った。

「電話して」沙和子は、千里の肩を持って、その顔を覗き込んだ。千里の目の中には、小さな畏れが見て取れて、怖がらせてしまったことを沙和子は恥じた。「何か言いたくなったら。あんまり出られないかもしれないけど、留守電に伝言してくれたら、空いてる時間にこっちからかけたげる」

千里は、沙和子から渡された紙と沙和子を何度か見比べて、わかった、とうなずいた。沙和子は、千里の頭をなでて、バッグのストラップに腕を通した。

駅へと続く道の向かい側には、室田家があった。父親の家から駅に向かう順路は、途中まで中学校への通学路とも重なっていた。沙和子は、重たい瞼でまばたきして、一度は開いたことのあるその門を眺めた。

退屈ですか。息子さんとあたしのことは知ってますか。

投げやりな問いは喉を通り、舌の上で苦く溶けた。沙和子は、一つ身震いして、大股で駅のほうへと歩いていった。

＊

楽しみにしていた連休の初日から兄がいるなんて最悪だ。

夕食に間に合わずにすむのなら、模試が五教科といわず八教科あってもよかった、といつみは思った。悠希が彼女を連れて帰ってくるから、晩御飯までには帰っておいでね、だなんてよく言ったものだ。当然いつみは、友達と約束がある、と咄嗟《とっさ》の嘘をついたが、母親は珍しくそれを許さなかった。断りなさい、できない、という押し問答を止めたのは、ちょっとぐらいはおまえも我慢しろ、という帰宅してきた父親の一声だった。いつみは、でも、と言いかけて、ここ何年かの間、父親にそんな強く言われたことなどなかったことを思い出し、不承不承、わかった、とうつむいたのだった。

いつみは、ダイニングの入り口に突っ立ち、呆然と食卓を眺めていた。家族がいつみの帰宅に気付くまでには十数秒かかった。それほど、兄の彼女、という人は、食卓になじんでいた。まるでその女の人こそが母親の娘で、自分はただ迷い込んできた宿無しの子供のようだった。やがて父親がいつみに気付き、あらかじめ空いていた母親の隣の席を勧めた。こんにちは、とあいさつすると、悠希の彼女は、こんにちは、と小さく会釈した。ふわふわしたキャラメルのような髪の色に、パールをまぶしたフランボワーズを思わせる唇をした、雑誌のグラビアそのままの、かわいいということの記号をたくさん持ち合わせた女の人だった。肩から塾用のかばんをひっかけたまま、前失礼します、という意味で悠希の恋人に向かって小さく頭を下げたが、彼女は悠希の肩に手をかけて、何やら楽しそうに笑っている最中で、いつみの挨拶には気付かないようだった。

「もう、ムロタさんたらひどいんですよお。春の新歓コンパで、頭にネクタイ巻いて踊ってえ」

「おまえな、しょうもないことばらすなよ」

悠希が彼女を肘で突くと、母親は、あんまり恥ずかしいことしないでね、と笑いながら言った。

でも、そういうムードメーカー的なところがいいな、と思ったんです、と彼女は少し首を傾《かし》いで、にっこりと微笑んだ。母親の隣に座っていると、彼女が母親にどんな顔をして喋っているのかがよく見て取れた。もしこの二人が結婚したら、彼女も浮気するんだろうか、といつみはぼんやり思った。

クラスメイトの話では、母親連中の間での片山さんの評判は日に日に悪くなってきている。結果から言うと、どういうことがいつみの知らない間に起こったのかはわからないが、片山さんの不倫は発覚した。その話をクラスメイトから伝えられたとき、いよいよか、といつみは何か肩の荷が下りた気分になりさえしたのだが、相手についいて訊くと、ただ仕事で付き合いのある人らしい、というあいまいな答えが返ってきた。いやちがうよ、あの人とできてんのはうちの母親だって、と言いかけて、すんでのところでとどまり、それは本当？　と問いただすと、彼女は、うーんと首を傾げ、これはあたしから聞いたって言わないでよ、という前振りつきで、その信憑性のほどについて教えてくれた。話によると、悪趣味にも現場を押さえようと、暇さえあれば片山さんのうちに張りこんでいた近所の主婦がいたのだが、結局どうあっても、相手を一目見ることは叶わなかったのだという。というよりも、女の客の出入り自体がなかったのだそうだ。そりゃあんた、よそで会ってるに決まってるさ、そうさ、と山野や橋田は口々に言い、その場はその解釈で合点がいったということになったが、いつみは、あの人はうまくやったのだ、といういたたまれない思いに唇を嚙んだ。

今や片山さんの評判は、ゆっくりと地に向かって堕ちつつある。彼が中心となって行なわれていた防犯運動によって、不審者の出没や子供を怯えさせる事象は劇的に減少し、ローカル局が取材に来るほどの成功を収めたにもかかわらず、その功績から彼の名前は排除され、名誉は地元の主婦たちだけのものになりかかっている。いつみがなによりも解せないのは、母親がいまだ彼女たちと折り合いよく関わっていることだった。

娘が変質者の被害に遭いかけた事件のあと、片山さんが学校や習い事の送り迎えをする姿をいつみは何度も見かけていた。それを目撃するにつけ、いつみの中では、悪い父親ではない、むしろいい父親である、という認識が高まっていたので、余計に母親の態度は不可解だった。

火遊びだったのだろう、といつみは思った。そして片方は評判を堕とすにまかせ、片や素知らぬ顔をして家族とじゃれあっている。

ムロタさんのお母さんにずっと会いたかったんです。

あたしもずっと会いたかったわ。

奇遇ですよね。

ほんとそうよね。

高い笑い声が聞こえる。いつみは、胸に影が過ぎていったような苦しさを感じた。ふと、父親の顔を見ると、穏やかだが、話のわからない部外者が浮かべるような微笑を口元に貼り付けている。いつみは目を伏せ、やけに口を大きく動かしてサラダを咀嚼した。

＊

よもや一緒になりはしないかとひやひやしていた進級直後のゼミ決めだったが、元恋人と元友人は、沙和子のついた講師とは別の講師を選んだ。そのことで束の間はほっとしたが、友人から伝わってくる話の中で、二人は沙和子の選んだゼミを取りたかったにもかかわらず、気を遣ってあえて他のゼミを選択したのだ、と知ると、またゆるく胸がつかえるようになった。元友人からは、春休みの終わりに一度電話をもらった。会って謝りたい、という言葉に、沙和子は、もう充分だけど、と答えるより他なかった。つい数ヶ月前までは、よく長電話をしてあることないことを話して笑いあったのに、と思うと、沙和子は空しさで消えてなくなりそうだった。おどおどする元友人とは違い、元恋人は平然としたものだった。あいつとはほとんど切れてるような状態だった、と主張しているとも聞く。沙和子もそれを否定するつもりはなかったが、口に出していたと知ることによって被《こうむ》る痛みもあった。

父親と千花の離婚を知ったのは、そんな矢先だった。沙和子にそれを告げたのは、実の母親だった。月に一度ほど、暗い声で沙和子に愚痴を言うために電話をかけてくる母親だったが、そのときばかりはどこか声が弾んでいた。

「あの人、また他の女に手え出したんだって。まだやりとりのあるあのへんの近所の人がね、教えてくれたの。人の癖っていうのはどうしてもなおらないものね」

　春休みに一日だけ父親の家に帰ってから、その動向が気にかかってはいたので、そんな話あたしにしないでよ、あんたには他人でもあたしには実の父親なんだよ、などとは言えず、沙和子は黙って母親の話を聴いていた。

「千花さん、話してるうちに泣き出したって。こんなこと誰にも言えませんでしたって。同僚には隙のないところを見せないといけないし、仕事ばっかりしてたから、友達もいなくて、って」母親は、昂ぶる感情をわざと抑えているようなおっとりした口調で、沙和子に話した。「あの人はあの人で不幸だったのよねえ」

「悪い人じゃないよ」

　もう何千回も母親に向かって繰り返したであろう言葉をまた口にしながら、母親の話す速さが妙に癇《かん》に障ることに眉をしかめた。

「相手はね、得意先の営業の女の子だって。千花さんより若いらしい」

　そう、と沙和子は相槌を打ち、自分が目星をつけた室田夫人については訊かないことにした。千花が夫の浮気について打ち明けた主婦が、好奇心だかなんだかでなだめすかして、「誰と」という部分を明確にしようとしたが、千花は咄嗟の嘘をついてその場を取り繕ったのだろう、というようにも考えられた。最後に会った時、千花が明らかに、父親が仕事先の人間よりも、地元の主婦と関わることを嫌がっていたことを思い出すと、そのことはより確かに感じられる。

それにしても、もし自分が思うように室田夫人が浮気の相手なのだとしたら、千花はどうしてはっきりとそのことを言わなかったのだろうか、そうすれば夫人の地元での立場を危うくできるのに、と沙和子は疑問に思った。

それが千花さんのプライドの在り方なんだろうか、千花さんにとって室田夫人ってのは、旦那をとられて恨みに思っても、そのことを認めたくないぐらいの女の人なんだろうか。

普段から専業主婦を下に見ているようなところのある千花なら、充分ありうることのように思えた。そうだとすると、得意先の営業の女、というのはある意味、千花の妥協線なのではないか、というようにすら見えてくる。

「何かかけてあげられる言葉はあるかな。沙和子はあると思う？」

「ないよ」

哀れむような口調に、沙和子はつとめて断定的に答えたが、母親は少し間を置いて、ゆっくりと、しかしじわじわと貶《おとし》めるように言い募った。

「友達もいないって不幸よね。そのへんあたしはだいじょうぶだったし、あんたのお父さんと離婚するときにも、さんざん友達に相談したわ。千花さんはそうすることもできないのね。あげく、娘の参観で一回だけ一緒になった人にそんなこと言ってしまうなんて」

「その近所のおばはん、よくそんなことあんたにばらすよな。恥を知れって感じだよな。そいつと友達のお母さんもお里が知れてるよ」

噛んで含めるように言うには重すぎることを、沙和子は早口でまくし立てた。母親は少しだけ沈黙して、なんて言った？　と訊き返してきたので、なんでもないよ、と答えた。

春休みに帰省した時に千花が言っていたように、いくらでも自分にはざまあみろと言う権利があるということは、頭では理解していた。しかし沙和子の中では、千花への同情に似た気持ちが、少しずつ湧き上がろうとしていた。

「ねえ沙和子、あんたの悪態もわかるけど、一つだけ真実を教えたげる」沙和子は、母親にさっきの言葉が聞こえていたかもしれないことを、今更のように危惧した。母親は、沙和子から返事がないことになどかまわず、静かに、ささやくように続けた。「一度略奪された男はね、必ずまた他の誰かに奪われるのよ」

自分だけは違うっていうのは幻想なの。相手から見ると、女は皆同じ女でしかないのよ。

沙和子は唾を呑んで、一つ深呼吸した。心の底に穴が開いて、冷たい液体が浸水してきたようだった。母親は、沙和子の不穏な沈黙に満足したのか、次に言葉を継いだときはもとのおっとりした口調に戻っていた。

「ゴールデンウィークの終わりには最終的に引き払うらしいわ、千花さんと娘さん」

なんでそんなこと知ってんの、と訊く気力は残っていなかった。沙和子はまるで戦犯を探すように、あの界隈の主婦で、そういったことを千花から聞き出し、母親に伝えるような人物はいないかと考えたが、皆ひととおりの、品も人当たりもいい人たちだった。そのことになによりもぞっとした。

受話器を置き、脱力した沙和子は、膝を抱えてその間に額を入れた。ふと思いついて携帯電話を手に取り、元友人のメールアドレスを開いて、一回とられた男は必ずまたとられるんだって、知ってた？　と打ち込み、送信ボタンに親指をかけた。しかし、すぐに我に返り、感電でもしたかのようにベッドの上に向かって携帯を放り投げた。

結局のところ、あたしはそれほど傷付いてないのかも。

沙和子はのろのろと立ち上がり、ベッドに横たわった。

だったらもう少し手を尽くせばよかった、そしたら、母親のあんなみにくいところを見ずにすんだのかもしれないのに。

けれどすべては遅かった。沙和子は枕に顔を埋めて、あたしは誰かからあいつをとったからこんなことになったのだろうか、と考え始めた。

＊

テレビでは十連休などという会社や学校もある、と伝えられていたが、公立の中学はカレンダー通りで、去年までならそれを不満に思っていたいつみだったが、今年はそれをありがたいと思った。悠希の彼女は、連休いっぱい室田家に滞在するそうで、中日である今日ともなると、もはや家族の一員であるかのような馴染みぶりでいつみを辟易させた。彼女が家に入り込めば入り込むほど、いつみは家から押し出されていくような気がしたが、そのことに今更何の不満も感じなかった。ただ、常に絶えない笑い声が、心をかきむしるように煩わしかった。

当番に従って、校門の前をほうきで掃きながら、いつみはその日、塾がないことを嘆いていた。友達の家に寄せてもらうことも考えたが、それぞれにクラブに顔を出さないといけなかったり、そもそも学校自体を休んでいたりと、心当たりはすでに潰《つい》えていた。いつみの進級と同時に教師を辞めた佐伯先生が、会釈をしながら校門を通り抜けていったのは、いつみがそういった考えに心を悩ませていたその瞬間だった。

「こんにちは」ぎこちなく挨拶すると、佐伯先生は、ひさしぶり、と笑った。「どうしたんですか?」

「いろいろと忘れ物があって、それを取りに来たの」

はあ、そうですか、といつみは相槌を打ち、それじゃあねと去っていく佐伯先生の後ろ姿を見送った。山野や橋田の話では、佐伯先生は結婚式こそまだあげていないものの、大場先生と一緒に暮らしているとのことだった。幸せなのだろうか、と思いながら、職員室の前の廊下を佐伯先生が歩いていくところを窓越しに眺めたが、その心持ちが大きく表に出ている様子はなさそうだった。少なくとも、自宅で兄と彼女が振りまいているような尾籠な感じは、佐伯先生にはなかった。

いつみはふと、自分がどうすればいいのかを、佐伯先生にになら相談できるような気がした。どうすればいいって、できることなど何もないのだが、ただ、同じことをしていながら母親と片山さんの状況があまりに違うことへの違和感を誰かに伝えて、自分がとるべき行動を教えてほしい、と思った。その考えは、つたない中学生風情の考えで親に対する自分の態度を決めることへの罪悪感ともつながっていたが、それを認めたくはなかった。

掃除用具を戻して通学かばんを引っ掛けると、いつみは職員室まで一目散に走っていった。佐伯先生は丁度そこから出てくるところで、走ってくるいつみの姿を認めると、微かに口角を上げた。

「お話ししたいことが」久しぶりに間近で見る佐伯先生は、若返っても年を取ってもいなかった。いつみにはそれが不思議だった。「あの、わたしがおごりますから」

佐伯先生の返事がないことにそう言葉を継ぐと、佐伯先生は、いいわよそんな、と手を振って、じゃあ、この近くにお茶でも行きましょう、といつみを宥《なだ》めるように言った。

佐伯先生と二人で校門を出て駅の方へ向かい、一番最初に目に入った喫茶店に入った。さびれているというのではないが、おそろしくまずい紅茶を出し、そのまずい紅茶を持ってくることにまたおそろしく時間がかかる、といういいかげんな店だった。それでも地元の客の溜まり場となっており、聴き上手を装ってはいるが、その実何も聴いていない女店主を甘やかしていた。

いつみは最初、何の話をしたらいいのかわからず、とりあえず地元の防犯運動の話を始めた。近くで建築の事務所をやっている片山さんという男の人が中心となって始めたことで、その効果は結構上がっているらしい、と話すと、佐伯先生は、そうらしいわね、と頷いた。教師を辞め、子供もいない佐伯先生には、そういったことはどこか他人事のように聞こえるのだろうか、といつみは思った。いつみの要領を得ない話に、佐伯先生は根気よく付き合ってくれたが、頻繁に時計を見たり、携帯電話のメールに返信をしたりと、どこか退屈している素振りがあることも否めなかった。

いつみは、自分の話がつまらないから、そういう反応も仕方ない、と思いながら、ただ苦いだけの紅茶を飲み干し、溜め息をつき、母親のことを話す覚悟を決めた。

「うちの母親は、だから、その片山さんて人と浮気してるんです」いつみは周囲を見回し、こそこそと佐伯先生に告げた。この店からその話が漏れ伝わるのは、何かフェアではない気がしたからだった。「それで、片山さんは信用もなくして離婚ってことになって、うちの母親はそうでもなくて、あたし以外の誰にも知られないで、のうのうとしてるんです。あたしは、それでいいのかと思います。不倫をしたらだめとか、そういうことが言いたいいんじゃないんです。でも、母親が父親を裏切ってたことは確かで、そうやって得たものに対しても、さらにまた不誠実であろうとしているように見える。それでいいんでしょうか」

そこまで言った後、佐伯先生が首を傾いで静かに見返してくることに怯《ひる》んで、あたしは何をしたらいいんでしょうか、といつみは申し訳程度に付け加えた。

「室田さんの状況はわかったけどもね」佐伯先生は、まずいはずの紅茶を、見る者にはまったくそうとは感じさせない様子で飲んだ。「わたしが一つ疑問に思うのは、なんで室田さんがそこで何をしたらいいのかと考えるのかっていうこと」

いつみは、胸を衝かれたように息を呑み、水の入ったグラスを縋《すが》るように握り締めた。

「もう一つは、どうしてわたしに相談したのかっていうこと」佐伯先生は、困ったように笑って、グラスにかけたいつみの手に手を重ねた。「そんなことを言われたって、仕方ないのよ」

いつみは、汚いものにでも触れていたかのようにグラスから手を離した。その勢いで、グラスは倒れ、いっぱいに入っていたその中身は、いつみの制服のスカートへと滴り落ちた。大変ね、と佐伯先生は言った。まるでそんなことなど少しも考えていないかのように、穏やかに。

結局、兄とその恋人は、連休の最後の日になっても大学のある町に帰ろうとはしなかった。二人は連日、我が物顔でリビングのソファに並んで陣取り、まるで主人夫婦のように振舞っていつみの胃をさいなんだ。朝早くトイレに起きたときに、素肌にキャミソール一枚の兄の恋人と鉢合わせした瞬間が、いつみのストレスの頂点だった。たまたま気分が悪かったこともあって、慣れない人間の体の匂いに、すみませんすみませんと言いながら顔を逸らしてえずくと、兄の恋人はそれ以来いつみとは目も合わさなくなった。兄からは、顔を見るたびにそのことを責められ、母親もまた、他の家の人だから仕方がないのはわかるけど、といつみを諭した。あれはたまたまだった、と何度説明しても、二人はいつみがあからさまに兄の恋人を嫌っているという疑いを取り下げなかった。

そんなこともあったので、いつみはなるべく家にはいないように心がけていた。友人の家を訪ねたり、図書館に行ったり、小遣いで入れる喫茶店を開拓したり、家にいずに過ごすということがこんなにも頭を使うことなのかということを、いつみは覚えた。しかし、週明けに提出しなければいけない塾の宿題をこなすために、最後の日だけはどうしても外出できそうにないことがずっと憂鬱だった。

その日いつみは、午前中から起き出して机に向かっていた。できるだけ階下に降りなくてすむように、電気ポットをあらかじめ借りてきて、気晴らしのための茶菓子も用意し、万全の態勢で勉強に励《いそし》んでいたのだが、集中しようとすればするほど、頭の中に浮かぶことに足をすくわれてなかなかはかどらなかった。計算問題を解きながら、ふと、自分がこのままちゃんと志望校に入れても、兄とその恋人が通っているぐらいの偏差値の大学に入るためにはさらに勉強しなければいけないだろうということに思い至った時は、ノートを破いて叫びだしたくなるほどの怒りに駆られた。仕方なくいつみは、ベッドに上って数十回跳ねて、それをなんとかやりすごし、また宿題に戻ると、今度は休みの中日に会った佐伯先生のことが頭をよぎって、苛立ちとも悲嘆ともつかない感情にのしかかられて、またベッドの上で跳ねて机に戻った。

宿題が終わりそうになってくると、今度は尿意を感じて、わずらわしいと思いながらも一階に降りることにした。用を済ませた後、もしかしたら帰っているかもしれない、という淡い期待と共にリビングを覗き込むと、やはりまだ兄と恋人は、テレビの前に並んで陣取っていて、いつみをげんなりさせた。父親は、その脇のソファに腰掛け、二人と何やら談笑し、母親はキッチンでお茶を淹れていた。

もうすぐ映ると思うわ、ほら、あ、出てきた。

そんな母親の声のあと、リビングにいる一同から歓声が上がった。ああ、そういやテレビ局が来たって言ってたな、といつみはぼんやり思いながら階段に足をかけ、おもむろに片山さんがどれだけないがしろにされているか確認しよう、と思いつき、リビングに戻った。

毎度のことながら、いつみが現れたことに反応する者は誰もいなかった。三十インチの液晶画面の中で、近所で見かけたことのある主婦の一人が、わたしたちは本気なんだと犯人に伝えることが大事なんですね、ときまじめな顔で言っていた。

「みんなで会議してるところにカメラが入ったんだけど、ああ、今からやるみたいね」

母親がそう言うと、そこにいたいつみ以外の全員が身を乗り出してテレビ画面に注目した。集会所のような場所に集まった、見覚えのある女の人や男の人たちが、ああでもないこうでもないと話し合っているところが映し出され、議長をつとめているのであろう母親は、ずっと画面に映っていた。テレビ映りもいいですね、と兄の恋人は言い、テレビ映りだけね、と母親が応えると、笑い声が起きた。

レポーターが、大事なのはスマートな作戦などではなく、保護者一人ひとりの心意気なのですね、とどこか間抜けなことを言って、特集は終わった。その映像の最初から最後まで、片山さんの姿はどこにもみとめられなかった。

「すごいな。一コマも映ってない」

いつみがぼんやりと感嘆の声を漏らすと、そりゃ、おまえこの取材来てたとき学校だっただろ、と父親が答えた。いつみは、その父親の言葉に、じゃなくて、片山さんが、と反駁した。

しまった、などとはもう今更思わなかった。なにもかもがどうでもよかった。

返した。

「なんで出てこないの？　あの人が中心でやってたんじゃないの」

いつみの問いに、なんであんたがそんなこと言うの？　と母親は笑いながら疑問で返した。

「だってお母さんも片山さんと同罪じゃない。不倫してたじゃない。でも立場が危うくなることに気付いてやめたの？　それとも、暇つぶしだった？」

自分の中に溜め込まれていた悪意に、いつみは驚いた。それが、激しい感情の爆発ではなく、ほとんど垂れ流すような緩やかさで発露したことにも、いつみは自分でぞっとした。そこにいた人々は、凍りついたように動きを止め、テレビだけが、こどもの日のプレゼントの額の推移について、年々高額になる一方だとか平凡なことを語っていた。

「思い違いを言うな」父親は、いつみの方を見ないまま、俯いて唸るように言った。「適当なことを言って、母さんを貶めるな」

どんな顔をしているかは、いつみからは見えなかった。

いつみは、そうだね、と何度か頷き、そのまま玄関に向かって歩き出した。靴紐を結ぶ指先が震えていた。

門扉をうまく開錠できずにいると、せわしない足音がして、誰かに腕を掴まれた。母親だった。

「違うのよ」母親の顔は歪み、口元は大きく開いたまま呼吸を荒くして震えていた。いつみは、こんな顔初めて見るな、と妙に冷静に考えていた。「違うの。あたしは、ほんとに、ほんとに」

あの人のことが好きだったのよ。母親はそう続けたような気がした。いつみは、自分が頭の中で補完した母親の言葉を死ぬほどくだらないと思い、そんな物言いを継いだ自分の脳みそも同じようにくだらないと腐しながら、眉を寄せて笑った。

「ほんとにあの人のことが好きだったのよ」

いつみは、自分が聞いたような気がする母親の言葉を真似てそう言った。母親は眉を寄せてうつむき、ゆっくりと首を振った。何か言っていたみたいだが、それをうまくつなげて理解することができなかった。だから、違うのよ。そう結んで、母親は片手で顔の半分を覆った。

いつみは、いなすように何度も軽くうなずいたあと、小さく、もういいよ、と呟いた。緩んだ母親の手を振り払うと同時に門扉が開き、いつみは家の外へと歩き出した。

どこか具体的な目的地があるわけではなかったが、気がつくと、片山さんの家の近くまで来ていた。車のナンバープレートを確かめるために何度も覗き込んだ車庫の前には、大きな引越し業者のトラックが駐車していて、作業着を着た人々が、家とトラックの間をせわしなく行ったり来たりしていた。

いつみは、吸い込まれるようにそちらに近づき、鷹揚にその様子を眺め回した。前にうちに保護されてきた千里は、トラックから少し離れたダンボールの上に座って本を開いている。片山さんは、門扉の段差に腰掛けて、両手で顔を覆っていた。片山さんの奥さんは、なにか苛立ったように、業者と話をしていた。もう少し早くならないの、それでもプロなの？　というような言葉が聞こえて、いつみは耳が痛い思いをした。

しばらく、片手で頭を支えながら俯いていたが、視線を感じたので、顔を上げると、千里がじっとこちらを見ていた。訝《いぶか》しげというか、いつみを見ながらなにか思い出しているような、妙に思索的な表情だった。いつみは、ふらふらと千里に近寄り、少し迷った挙句、やあ、と口を開いた。千里は本をたたんで、こんにちは、と頭を下げた。「ムロタイツミです」いつみは、まるで偽名を使っているような気分で、自分の名前を発音した。「前にうちにきたよね」

千里は、たたんだ本を傍らに置いて、聡い目でいつみを見上げた。頭の良さそうな子だ、といつみは思った。それが裏目に出なければいい、といつみは願った。何も知らないからこそ、子供はこんなに賢そうな顔ができるのだ、ということを、いつみはだんだんわかりかけていた。

「そのせつは、ええと、ムロタさんのお母さんにお世話になりました。本当に、助かりました。ムロタさんのお母さんがいなかったら」

千里は、「ムロタさんのお母さん」という言葉を、とても言いにくそうに、つっかえつっかえ発音した。もっとほかの言い回しがあるのに、今は思いつかない、でも後できっと思い出す、ということを、いつみに向かって主張しているようだった。

「いいよ、そのことはいいよ」

いつみはそう言いながら、その言葉を千里にかけているのか、それとも母親にかけているのかわからなくなってきていた。

その父親を見捨てたとしても、母親がこの子を救ったのは事実だった。そこには多少なりとも、好きな人の娘だから、という気持ちがあったかもしれないが、しかし、母親と千里が遭遇した出来事には、そんな計算など入り込む余地などないように思えた。だから、母親は本当に、この子を救ったのだ。

いつみは、片手で額を支えて、じっと自分を見上げている千里を、指の間から見下ろした。千里は、子供らしい厳粛さで、いつみの次の言葉を根気よく待っていた。

少し首を傾けると、うずくまったままの片山さんの姿が目の端に入った。片山さんは怒っているだろうか、といつみは思った。自分だけやりぬけた母親を、物事がこうなるまでほったらかしにしていたわたしを、怒っているだろうか、といつみは唇を噛んだ。

どうしたんですか、ムロタさん、という千里の声がしたので、いつみは顔から手を離し、転校することになるのか、めんどくさいね、と話しかけた。千里は、めんどくさいし、寂しいけど、中学に入っていきなり違う校区になるよりはましです、とまじめに答えた。いつみは、千里の若いなりの計算に、声をたてて笑った。

ちさと！　という、女の人の鋭い声がした。片山さんの奥さんが、千里を呼んだのだった。そちらのほうを見ると、片山さんの奥さんは、ものすごい目つきでいつみを睨み付けていた。いつみは、ひといきに体温と脈拍が上がるのを感じて、一歩後ろに下がった。やっぱり知っているのだ、あの女の人は。あたしの母親のやったことを。

だいじょうぶですか、と千里は言った。前にも千里はそう言っていた。ごめんね、といつみは答えた。それが答えになっているのかいないのかも、いつみにはもうわからなくなっていた。

いつみは、踵《きびす》を返してまた歩き出した。角を曲がる前に一度だけ振り向くと、片山さんが千里を抱きしめていた。片山さんの腕の中で、千里がどれだけ妙な顔をしているか、いつみには手に取るようにわかる気がした。きっとばつが悪いだろうからやめてやれ、といつみは思った。その子はまだ、あなたほど自分の心の隙をもてあましてはいないんだ、誰かを抱きしめるだとか誰かに抱きしめられるだとか、それだけで何かが変わると信じられるほど、その子の心に穴は空いていないんだ。

＊

自分が行っても何の力にもなれないことは、沙和子にも充分わかっていた。けれど今朝起き出して小用から戻った瞬間から、沙和子は我知らず外出する準備を始めていた。

何もできないのなら、関わっても仕方がないと思っていた。あと二年で大学は終わるし、そうしたら、出してもらった学費を働きながら返して、しかし父親とのかかわりは極力断つつもりでいた。千里のことだけが気にかかったが、あれから電話をかけてくることもなかったので、彼女は彼女なりにうまく折り合いをつけているのだろう、自分は差し出がましいことをしたのだろう、と沙和子は考えていた。

しかし沙和子は、また戻ってきてしまった。ただ、自分自身が居ても立ってもいられないという気持ちに苛まれて、必要とされもしないのに帰ってきてしまった。改札を出た瞬間に押し寄せた敗北感に、沙和子は溜め息をついた。

もっと何か言っていれば、深入りすることを恐れずに、何か。そう沙和子は悔やみながら、連休最終日の閑散とした駅前をのろのろと歩いていた。いや、でもそんなことしたって、どうにもならなかった、このことが見送られても、あの人はまた違う人を好きになっただろう、と沙和子は自分の考えに反駁した。その考えが、いやになるほど母親の話の影を引きずっていることに、沙和子はぞっとした。そんなふうに人を呪うな、と自分に向かって言ってやりたかったが、残念ながら母親の発言には微量であっても真実が含まれているような気がしてならなかった。

だからといって、自分には少しの非もないとも思えず、沙和子は結局、二度目の崩壊を迎える父親の家族を見届けに来てしまった。

ここ数ヶ月で、あらかじめ悪いことが起こると知りながらそこへ向かうことに自分が慣れてきていることに驚く。でも今日などはまだ自分でない人間に降りかかることだからましなほうだと、沙和子は自分に言い聞かせた。しかし、大学で元恋人を見かけるだとか、元友人から未だ続いている謝罪に付き合うだとかする時よりも、沙和子の心は痛みを感じていた。陰鬱な気分は前者のほうが勝っていたが、辛い、という心持ちは、今のほうが大きかった。

他人のことなんか考えてる場合じゃないだろうよ。

沙和子は、自分のことで精一杯なのに、それでも他者のことを考えるのをやめられないのなら、もはや自分と他者の境界などないのではないか、とばかばかしいことを考え始め、その間抜けさを鼻で笑った。

室田さんの家から帰ってくる時に、千里が泣き出した交差点が見えてくると、沙和子は胸元の疼きが大きく広がるのを感じ、目を眇めた。なんでもいいからあの子に謝れ、と沙和子は口に出して毒づきながら、角を曲がろうとすると、妙にすたすたと歩いてくる女の子の姿が見えた。男の子が穿《は》くようなぶかぶかのワークパンツを穿いた彼女は、ポケットに手を突っ込んで肩をいからせ、おもしろいものなどこの世には何一つない、とその佇まいだけで断言していた。沙和子は、それはあんたが物事をちゃんと見ようとしないから、と心の中で彼女を非難し、その姿から目を逸らした。背後で、青信号をあらわす鳥の鳴き声が終わり、そうすると擦れ違った女の子の足音が余計に耳に障るようになった。沙和子は、彼女の顔をたしかめようと横を向いたが、女の子はもう後ろ姿しか見えなくなっていた。代わりに見えた右手からやってきたワゴン車のナンバープレートは黄色で、こんな日にも働いている人がいるのか、あたしもいずれそうなるのか、と沙和子はげんなりし、背後では信号が赤になっているはずなのに、女の子の足音がやまないことに気付いて息を呑んだ。

「なにしてんのっ！」

沙和子は振り向いて、車道に出掛かっていた女の子の腕を摑み、歩道に引き戻した。黄色いナンバープレートのワゴン車は、ものすごい勢いで走り去って行き、沙和子と女の子は、ぼんやりとその車体を見送った。ワゴン車が見えなくなり、女の子は、沙和子に向き直って、すみません、とかすれた声を出した。沙和子は、女の子の青ざめた頬と光のない眼差しにぞっとしながら、気をつけて、とだけ言った。女の子は、そうします、と答えて目元をこすり、また信号が青になった横断歩道を渡っていった。

沙和子は、その後ろ姿を少しの間眺めて、回れ右をして父親の家へと歩き出した。

脳裏に焼きついたのは、すべての気休めを撥ね退けるように頑なな女の子の顔つきだった。何があったのだろう、と沙和子は少しだけ考え、辛いことは人それぞれだから詮索はやめよう、と考え直した。

女の子の真似をするように両手をポケットに突っ込み、そんな可能性はもう万に一つもないだろう、と思いながら、沙和子は、彼女にまた会ったら言いたいと感じたことを反芻した。

長くは続かない。

沙和子は、顔を空に向けて、陽の眩しさを厭うように目をぎゅっとつむった。

いつかもう少しましになる日が来る。

沙和子は、ゆっくりと息を吸い、ときどき心に浮かべる幸福な記憶をいとおしみ、静かに蓋をした。一年の最後の飲み会の帰りに酔っ払ってキスをして、それから彼と付き合うようになったこと。沙和子がいないと進級できなかったかも、と泣きそうな顔で笑った友人のこと。まだ母親が家にいた頃の家族の食卓の風景や、ときどきは宿題を見てくれた千花の笑い顔が、緩慢に剝がれ落ちて、沙和子の足元で灰になってゆくようだった。

解説　「大人」のいない家で育つ子どもたち

岩宮恵子

親も人間なのだから、完璧ではない。そんなことは当たり前のことなのだが、幼い頃はそんなことを思いもしない。ところが自己意識の芽生えとともに、子どもは親の人間としての弱さとか自分勝手で裏表のある子どもっぽい面に気づくようになってくる。頼もしいと思っていた親が、必ずしも自分を守ってくれるわけではないと気づく体験は、強い不安と孤独を感じるものである。また、親が自分よりもはるかに鈍くておおざっぱな感覚しか持っていないと感じて、失望してしまうこともある。

家庭状況が安定している家の子でも、このような心の嵐に襲われるのが思春期なのだから、家の状態が揺れている場合はなおさらだ。

セキコは「自分がホームレスになったような気分になることがある」らしい。不安定な環境のなかでもがいている思春期の子が感じる、自分を守ってくれるものが無くなったという感覚と身の置き所のなさは、まさにホームレスの不安と孤独だ。

こんな感覚をきちんと言葉にできる子はめったにいない。自分のなかにある気持ちをまったくモニターできず、ワケの分からない苛立ちと憤りと怒りと不機嫌によってしか表現できない子がほとんどだ。だからこそ、セキコが心で叫んでいる独白の数々には、不安と孤独のなかにいる子たちにとって、そうそうそう‼　それなんだよ、それ！　と、泥まみれになっていた心を言葉ですくいとってもらったようなカタルシスがあると思う。

セキコが最も苛立ち、怒りで我を忘れそうになるのは、両親の「子どもっぽい意識」に触れたときである。

セキコの父親に対する感情は容赦がない。家族のある大人の男性としての責任を果たさず、リストラされたわけでもないのに嫌ならすぐに仕事をやめる、という安易さがセキコには許せない。

父親は、家業を引き継いで九年で廃業させてしまった頃、「九は『苦』に通じるからな。それで事務所は潰れたんだ」と言い訳をしていた。セキコは、「当時は、そういうものなのか、と納得したが、今考えると脳みそが腐りそうな大馬鹿具合だと思う」と苛立ち、自分があの父親の精子から出来ていることを呪い、「あんな両親だとわかっていたら、わたしだって生まれてこなかった」というところまで思考は暴走する。これは、思春期の女子だからお父さんのことを無闇に嫌っているんだというような一般論でくくれるものとはニュアンスが違う。

「（父親は）気まぐれに、家族サービスと称してまずい料理を作ったり、（中略）雨の日に洗濯物を取り込んだだけで、わざと家族の見えるところに洗濯物を積み上げて誇示する。感心しろとでもいうように。セキコには父親が、家族の注視を欲しがる乞食のように見える。前に友達の家に行った時に、たまたまそこに来ていた親戚の男の子供が（中略）うざったいぐらいにまとわりついてきたことがあった。（中略）父親はあの子供に似ていると思う。誰かの気を引くために部屋を散らかし、走り回り、絶え間なくいらつかせる言葉をひねり出しながら、始終媚びたような目で年かさの者たちを窺っていたあの子供」と、セキコの父親批判は強烈だ。

　この描写からも分かるように、セキコは、父親が「子どもっぽい意識」のままで平然としていることに憤っている。そして怒りの矛先は、そんな父親の言い訳に納得していた過去の自分にも向かう。父親を責めながらも、その刃は自分にも刺さり、自分の「生」の起源への不満にまで直結してしまうのだ。

　しかし、ここまで強烈に父親を批判しているものの、大人の男だったら家族のためにただ頑張って働け！　というストレートな一本道さえ通れば、父親への強い嫌悪の感情は薄まる可能性が高い。セキコの父親に対しての葛藤ポイントは「仕事」という社会的な立場をないがしろにして甘えくさっているという一点に絞られているからだ。

　コンビニで働き出した父親に気づいたセキコは、「肩からすべての力が抜けるような大きな溜め息をついて（中略）ぼんやりと夜空を見上げた。／そうか働くことにしたのか、一応」と思う。今まで高いテンションで保ち続けていた父親への怒りと苛立ちを夜空に放し、ほっと息をついているようにも見える。

その一方で、セキコの母親に対しての葛藤ポイントは、もっとずっと複雑だ。父親を増長させているのは母親だ、という気持ちも強いから、父親への嫌悪の裏には母親に対しての根深い不信がある。そして父親は見下した上でガン無視できるが、母親にはどこかで気持ちが通じることを期待しているからこそ失望も深いし、同じ女性同士ということでさまざまに入り組んだコンプレックスも刺激される。

母親が、苦手な親戚の接待に父親ではなく自分を付き合わせたことにキレたセキコは、両親の性交について、「子供に隠れてやれよ。気持ち悪いんだよ」とぶちまける。大人の間で解決するべきことを無自覚に子どもに背負わせたことと、大人の間での秘め事が子どもに伝わっていることに無自覚でいる母親の無神経さ、それがセキコには重なって感じられたのだろう。しかしぶちまけたところですっきりするわけではなく、反対に不安ばかりが強くなる。

セキコのブチギレのおおもとに経済的な心配があると考えた母は、仕事を休んでまで時間を作り、落ち着いてセキコに話しかける。客観的に見ると冷静で非の打ち所のない対応だ。そして、きちんと今後の見通しについて現状をクリアに述べ、心配し過ぎなくて良いということを伝え、セキコにもそのことはよく理解できた。その上、母親に初めて大人扱いされたという感覚もあるのに、その話を聞きながらセキコの感情は、どんどん不愉快な方向に高ぶってくる。セキコにとって、経済的な心配なんてどうでもいい問題だったということが逆にハッキリしてしまったのだ。

セキコはお金のことが問題だったほうがまだ良かったと感じ、「家族であることが嫌だと思うよりは」と思う。でも、「家族であることが嫌」という言葉には、もうひとつ奥の気持ちがあると思う。

セキコは、自分にお金の心配をさせる子どもっぽい父親や、そんな父親に無批判な母親や妹を、自分のほうから見限っているつもりだった。ところが、お金の心配はしなくていいということが分かったと同時に、今までになかった「恥ずかしい」という強い感情が湧いてくる。セキコは働かない父親のことが恥ずかしいんだと言う。その「恥ずかしい」は分かりやすい。確かにそうだと思う。しかしそのあとで「(前略) そういうことについて、わたしだけが怒っていて、事を荒立てて馬鹿じゃないのって、そういう目で、お母さんやセリカがあたしを見ることが恥ずかしい。すごいまぬけになったような気分になる」と、セキコは頭を掻きむしる。これがセキコの心の一番奥にあったもののような気がする。

セキコは自分だけが家族の一体感から疎外されていることに、実はとても深く傷ついている。自分から家族を馬鹿にしたり切ったりするのはいい。でもその逆は耐えられない。母と妹の目線ひとつで強く揺り動かされて、すごいまぬけになったような気分になってしまう自分が、恥ずかしい。そして子どもっぽい意識のままでいれば、家族のなかに今も溶け込めていたのかもしれないとどこかで思ってしまう自分が恥ずかしい……。そういう想いがあったのではないだろうか。

子どもっぽい意識が支配する家族のなかで、ひとり大人になっていくということは、ほんとうに孤独なことなのだ。

江戸三百年で起こったくらいの変化がここ四十年で起こっているのが、現代の日本の状況らしい。この激しい社会変化のなかで、今まで通りの「まとも」や、「大人としてのあり方」もどんどん変わってきている。「父親はちゃんと働くもの」「母親は気持ちをわかってくれるもの」「親は子どものことを第一に考えるもの」「親になったら恋愛などしないもの」などという「まともな家」のイメージが、ガラガラと崩れていっている。

いつまでも若いということが評価される社会では、子どもっぽい意識のままで生きていくことも容認されやすく、「大人の責任」から逃げ出しやすくなっているような気がする。そこを本気で問題視して、必死でのろしを上げているのは、感受性の強いセキコのような思春期の子だけだ。相談室には、問題行動や、不登校などの形でのろしを上げたものの、自分が何と戦っているのかも分からなくなって混乱し、疲れ果てた戦士たちがやってくる。

ナガヨシも大和田も室田もクレの家も、みな「まともな家」というユートピアからはほど遠い。今の子どもたちは贅沢をしていて甘やかされているから弱くてダメだ、と声高にいう人たちがいるが、いやいや、とんでもない。ちゃんとした「大人」のいる「まともな家」が激減しているなか、彼らは必死で自分なりの大人になる道を模索しているのである。

（いわみや・けいこ　臨床心理士）

本書は二〇一一年八月、筑摩書房から刊行されました。

ちくま文庫

まともな家《いえ》の子供《こども》はいない

二〇一六年三月十日　第一刷発行
二〇二五年九月五日　第三刷発行

著　者　津村記久子（つむら・きくこ）
発行者　増田健史
発行所　株式会社　筑摩書房
　　　　東京都台東区蔵前二―五―三　〒一一一―八七五五
　　　　電話番号　〇三―五六八七―二六〇一（代表）
装幀者　安野光雅
印刷所　中央精版印刷株式会社
製本所　中央精版印刷株式会社

ISBN978-4-480-43337-4 C0193